目次 # CONTENTS

字母會現場

創作者讀字母會

LETTER 專欄

man of letters

n.[C] 有著字母的人；有學問者。

LETTER，字母，是語言組成的最小單位；複數時也指文學、學問。透過語言的最小單位，
一個人開始認識自己與世界，同時傳達與創造所感所思，所以 LETTER 也是向世界投遞的信函；
《字母 LETTER》是一本文學評論雜誌，為喜好文藝的人而存在。

名為進步的風暴

●莊瑞琳／衛城出版總編輯

　　想像八十歲以上世代，到電影院看 3D 電影或是到美術館看 VR 展，或者新聞報導導演蔡明亮、李安的新片都會用到 VR 技術，對走過臺灣無聲電影、黑白片到彩色片的世代來說，他的當下時間愈來愈處在真實的高速訓練，便利便宜的媒介不是真實的再現，而是我們人生真實經驗的起源，擬仿的力量沿神經線湧入，在文明史上，我們是擁有過多經驗的當代人。

　　從八、九〇年代以布希亞為代表的媒介理論，擬仿甚至可以反過來取消現實的存在，因此有著名的《波灣戰爭不曾發生》的激進說法，布希亞宣告真實、虛假、人與機器都互相穿透，真偽不分，相互擬仿，一切社會性已終結。這樣的末日景象或許使我們再度領略班雅明傑出的想像力，他認為保羅・克利畫作「新天使」上瞪目結舌的驚愕天使，是遭逢一道名為進步的風暴。新天使的重點不在於其驚愕與倒退著被推向未來，而是那團名為進步的風暴。進步是實存的力量，它不僅改變了物質，也改變經驗與現實的構成。

　　然而今年三月剛離世的科學家霍金，在《大設計》一書已提及當代科學的重要論點，真實與模型相關，「與圖像或理論無關的真實，是不存在的。」霍金認為模型相關真實論跳脫了真實與反真實的爭論，如果我們剛好是條金魚，透過金魚缸看出去的觀察而建立模型，與尚未進入金魚缸之人建立的模型都同時是「真實的」。本期《字母 LETTER：顏忠賢專輯》正是在這樣的論點上思考人類「感官的躍進」在哲學、文學、藝術、媒介與遊戲的進展。

　　小說家顏忠賢十年間相繼書寫《寶島大旅社》與《三寶西洋鑑》超過一百多萬字的長篇小說，顏忠賢充滿夢境且破壞正常理解的特質，都使他的作品踩在讀者閱讀極限的神經線，這些描述啟動了本期的感官探究，馬翊航點出顏忠賢作品擁基進的空無，是偽物的偽物，蕭旭智以全景劇場凸顯顏忠賢的感官幻術，辜炳達則抓出如蛇的情色賦格，字母會策畫者楊凱麟更以「schizo」（分裂仔）總結顏忠賢如癌細胞的過激語言。

　　然而這些探討顯然朝向的不是墮落與破壞，我們將讀到本期許多作者不約而同關注他者的實存，意識到他者，恐怕一直是人類的最大救贖。我們已然不是新天使，我們比班雅明的時代之人更能適應高度經驗累積，接下來我們不再驚愕，而是在暴風中轉過身，尋找更好的家園，並且在風暴之中，看見另一些他者的存在。而這也將是文學的起點。

做為隱喻的話，
對通靈或鬼神的入迷，像是異教徒對基本教義派的質疑。
所以書寫家族史時，夢是脫軌的方式，
異教徒也是脫離的方式。

顏忠賢

時間
的壞孩子

◉ 顏忠賢 vs. 莊瑞琳 衛城出版總編輯
◉ 日期｜2018.3.01 15:00–19:30
◉ 地點｜大稻埕・爐鍋咖啡小藝埕店
◉ 現場記錄｜李映昕

莊瑞琳　　一開始還是想要問，你的著作從九〇年代起橫跨藝術設計、建築與城市空間、書評、影評、詩集、散文與小說，在類型上，可能是字母會作家裡面最多的，幾乎所有形式的書你都出過。初步比較這些作品，會發現你的藝術書籍比文學作品進展得更早更快，雖然十年來反而都集中在《寶島大旅社》與《三寶西洋鑑》這兩本長篇小說的書寫，甚至為了專注寫作放棄其他創作，但像是九〇年代以來的匯流，兩本書處處都呼應過去某一本著作，你怎麼看待自己做為「寫作者」的階段？有階段的問題嗎？

顏忠賢　　如果用階段這個字眼來講，或許它是最早也是最晚。你的切割點是從出書開始算，但我講的是學生時代。我們那個時代的人，或者你一定有碰過，就是在搞刊物的人，我從國中開始，從校刊開始搞。我在學生時代已經是一個……那個字眼還不是現在說的文青，比較像是游擊隊吧，比如在詩社，出一本小書，就覺得很溫暖，有做到一些事，因為那時候可以做的事情很有限。也因為是刊物，所以就會很接近現在所有東西的總合，你要邀稿，自己寫專欄，美編也自己畫。成大畢業紀念冊就是我做的，我跟他們說你給我二十頁圖片頁，每一個照片寫出來的圖說就像夏宇那樣的詩，跟內文沒有直接關係，他們也讓我玩。那時候一本畢業紀念冊六十萬，彩頁有八十頁，規模是不錯。駱以軍講過，九〇年代好像有一種奇怪的氣氛，你真的可以做一些什

麼，只要你想得到。轉換朝代的過程剛好有比較進步的當權者，或是他們想要利用美學觀的進步當成一種籌碼，所以那時候有些事情是可能的。我很奇怪，念的幾個學校像成大都很保守，母豬賽貂蟬的地方。

莊瑞琳　　　和尚學校的終極版，你曾說一路都在念和尚學校。

顏忠賢　　　幸好我念的是建築，那也是投機取巧，我爸是大生意人，他覺得我學法傷天害理，學文會餓死，學商跟他學就好，所以我後來就讀甲組。我一直沒有公開講過一件事，我是色盲，塞尚那種色弱，專業術語是辨色力異常。我以前碳筆素描都是九十九、一百分，但畫水彩的時候，有一個很喜歡我的師大美術系老師說，奇怪你畫起來顏色怎麼都濁濁的，為什麼你可以控制素描的線條到這種程度，彩度、複雜度卻出不來，我才跟他說我是色弱。在臺灣，色盲是不能考建築系的。我是去弄到現在很夯的放大片，調成紅色，去一個很爛的醫院偷渡過的，所以我念建築是作弊進去。我應該寫一本有關這個的小說。（笑）那個老師很疼我，他說你這樣也不錯，畫畫都濁濁的，跟別人不一樣，很像嘔吐物，塞尚就是這樣。那時候我很安慰，他就是要鼓勵我說，我不會當你。我進建築系是因為，雖然也是虛構或想像的關係，就是文藝復興人，相信一個建築師應該也是個文人、數學家，應該也是一個宮崎駿……我在這行太久了，可以感覺到一些奇怪的可能性已經沒有以前那麼多。帕慕克、平克佛洛伊德都是念建築的，電影導演彼得‧格林納威是英國很有名的 AA 建築聯盟學院出身，他們後來都進入另一種創作者類型。格林納威做過一百個箱子的裝置藝術，跟電影有關。好像有一個更廣義的後時代、後媒體時代可能的文藝復興人。在成大，我參加過八個刊物社團，成大青年、成大西格瑪社，大家都很無聊，日子悶得要死，除了吃好料跟把妹沒事可做。當然開始工作，出了這麼多書之後為什麼又回來寫小說，說實話我是一個很笨、晚熟

的人，我每次都很努力做一些那個時期大家好像都在做的事情，但後來很快就醒了。

在城鄉所時，林正修是我同學，我們一起討論的是詩，我會跟他借詩集影印。廣義的九○年代的氣氛，解嚴前後有一個震動期，我們這批人都還在學校，你會在幾個小集團遇到一些人，比如阿米巴詩社，那時候重鎮還是在臺北。駱以軍訪談說他以前都在鬼混，但至少他大一就遇到張大春、羅智成，我遇到他們都已經晚了十年，大概二十八、九歲。我幫張大春做《縱橫書海》節目的場景，我拿東西給他看，他就把我的短篇小說拿給《聯合文學》，開始有了專欄一篇篇寫，就是《老天使俱樂部》。但那時候已經很晚了。

莊瑞琳　　　所以你念建築完全是因為這是跟家族的興趣都無關的事情？

顏忠賢　　　我爸覺得做建築會賺錢，他是大商人，可以幫我找客戶，我只要畫圖就好。因為甲組除了建築之外沒有東西可以念，建築你還可以念建築史藝術史，雖然之後都庸俗化，但至少可以做一點創作，建築跟土木總不一樣吧，當然這是偷渡的。但對我爸來講，考上成大建築是第一志願，他也沒話講，但可怕的是，我爸在我大一就過世了，我本來要抵抗或臣服的東西，突然之間就毀掉了。對我爸來講，那時候的建築其實是房地產。彰化是一個最大地下銀行的總部，我堂哥就過這樣的人生，在臺中的建設公司當老闆，半年換寶馬，再半年就換朋馳，兩年賺了十億新臺幣，就是臺中九○年代蓋第一波房子的時候，那時我在城鄉所，在下鄉做田野調查，很諷刺吧。做設計是賺不了錢，做建設公司才會賺錢。

莊瑞琳　　　從建築轉城鄉也是一個轉折，你沒有把建築當作一個生意。

顏忠賢	我的老師知道我要念城鄉所，都反對，說我去城鄉所會學壞的，會搞運動。
莊瑞琳	那當時為什麼要去城鄉所？
顏忠賢	用一個簡單的語言來講就是，從文青變憤青，從一般的文藝青年變成進步的文藝青年。讀建築還想要念書的話只能去城鄉所，其他地方都很有限。我那時在師大念法文，本來打算城鄉所讀完去法國，但在城鄉所念布希亞、德勒茲，即便翻成英文我都很吃力。講出國，我哥也真的在德國十年。我爸已經去世，家裡經濟是我姊在扛，真實世界全部壓過來。我是第一名考進城鄉所，還有獎學金可以撐一下，把書念完。老夏（夏鑄九）一直希望我留下來幫忙做案子，後來又遇到野百合學運。楊澤編九〇年代的書，我有寫其中一篇，寫的最後一個畫面就是國中、高中、大學到研究所一直在搞刊物。很少人問我這件事，但相對於研究所我也是變節的、被遺棄的，因為我逃走了，相對於成大建築我也是逃走的。我好像逃回一個更夢幻卻更辛苦的路徑……
莊瑞琳	你說逃回文學嗎？
顏忠賢	是總體的創作，又閉關更進去才是到文學。尤其這種寫法，你知道，還是有很多寫法不用這麼辛苦，尤其這十年。講一個吹牛的話。我這十年完全是顛倒的邏輯，文學是 CP 值、邊際效應最差的東西。在文創起飛的時候，我本來應該是打下天下的韓信吧。十年前某家百貨找我去講 EMBA 美學講座十二講，一次講師費是兩萬五，上課的是高層主管，隨便一個女生都是董事長特助。他們權力之大，可以笑笑說，老師，最近週年慶你有沒有喜歡的，先勾，我們幫你留下來。我曾經進入這個場子到這個程度。

莊瑞琳	文學會從兩萬五變成兩千五。

顏忠賢　　而且我寫這種文學，就沒有人要邀請我去講了，因為連出書都沒辦法。講一些更庸俗的，出版業老朋友私下跟我說，你這種寫法在生意上會把自己搞死，你應該要打品牌，不能亂寫，每年就出同一種類型的書，打書的時間都算計好，才能變成暢銷作家，至少你的書才不會賣那麼爛。真實世界是這樣兌現的。我的影評還是找蔡康永寫序，他那時候還沒有主持《康熙來了》，後來就變成媒體名嘴。這十年臺灣的變化，我這個世代夠聰明、手段夠好的人，包括我的學生現在都在大陸。我反而閉關。做為這個階段的創作者，是在這麼奇怪的處境之中產生，閉關有很多原因，最核心的就是覺得過去做的事情已經看到盡頭，因為做不進去更深的，當然有一個時間點是去耶路撒冷，我在那裡遇到拆炸彈，如果明天會死我要怎樣活著。我並不是像外面描述說，好像是一個公子哥、紈褲子弟而已，我其實有機會，也被圈選上去領軍打這十年文創戰爭。我在城鄉所有一大堆跟政治有關的朋友，我就是不想去用那些東西，用了人生就會不一樣了，我當過系主任我知道。

這個切割點應該是更複雜的閉關修練，對於我二十幾年在做這些事情，是不甘心的豪賭，贏的都下在這一把。這很可怕，要欺騙自己到一種程度才有辦法做這件事。尤其《三寶西洋鑑》，很多原因，太厚、句子太長太難看、太政治不正確，所以你有沒有發現，《寶島大旅社》是所有獎都得，這個完全沒得，氣氛變化非常大。所以我想，不是為什麼這個得獎，那個沒得，連寶島得都是運氣好，如果不是阿撇（駱以軍）、楊凱麟、陳雪幫我加持，都出版都沒辦法，得獎是天時地利人和，是施淑他們幫我講話，施淑給《寶島大旅社》的評價是一百年來很重要的作品，她年紀都那麼大了，還喜歡這種東西。我覺得是我運氣好，就像蔡明亮當時得到柏林影展大獎。這只是舉例，我發現這十年不只是 CP 值完全顛倒的投資，也不是完全閉關修煉，我也沒有

真的跑到山裡去閉關，我只是維持一個低消狀況在做。當然很真實的原因是，我遇到的所有跟視覺藝術的高手都退了。鏡文學要登《三寶西洋鑑》，我就說你就登吧，因為這不可能賣也不可能紅，講鄭和好像政治不正確，但看得懂的話，馬翊航在書評中說這個在講失敗學，但把民族英雄講成失敗的，是要砍頭嗎，而且那不只是情節失敗，是哲學概念上的失敗，又是在談西洋，跟東方主義有關，甚至在講偽物，廣義的物體系。我要講的是，賭這十年，賭到《三寶西洋鑑》，甚至連字母會內部對這本書存疑都蠻高的，因為碰的問題更多。

莊瑞琳　　所以如果這是一個這麼大的賭注，為什麼賭在文學？在資料中看到二〇〇七年冬天與二〇〇八年，是《寶島大旅社》醞釀的重要時間，比如陳雪提到在楊凱麟家的神諭之夜，大概從這一刻開始，你以每五年完成一部大長篇的速度，先後完成《寶島大旅社》與《三寶西洋鑑》。因為你會的藝術創作形式很多，可以賭在攝影，或其他文體創作，不一定是小說。所以小說或文學這件事，對你來說是不是有非常重要的位置？也就是你這十年想寫的題材也只能用這種形式來面對？

顏忠賢　　還是跟二〇〇一年去耶路撒冷有關。我去紐約那一年又剛好是911……，就很怪，會開始問一些根本的問題……

莊瑞琳　　你為什麼去到一個地方都會遇到很怪異的事情？你去愛荷華剛好遇到日蝕。

顏忠賢　　愛荷華這個只是好玩，我去耶路撒冷第一天就遇到拆炸彈哪，真的可能會死耶，第二天就把頭髮全剃光，就會想這輩子有什麼事情還沒做，最重要的是什麼。當然跟在楊凱麟家的神諭之夜在想的「心願還沒了」也有關，另外我總覺得，應該要寫一些東西是真正在解決自己

很大的問題，甚至我都還沒有想清楚的麻煩，無法理解為何被遺棄的問題，爸爸過世破產導致大家族分裂，我哥我姊從媽媽深信的佛教轉信基督教……叛家叛教的狀態。很像馬奎斯、莫言、曹雪芹……敗了家、滅了族……

一開始覺得應該回去寫這本太悲慘的家族史小說的時候，我根本沒有能力，配備也沒有好到可以寫。駱以軍就給我一個建議，剛好《聯合報》副刊找我寫專欄，就一篇篇一、兩千字先寫，長壽街、姑婆、做大水、神明廳，只是靠回憶寫一點東西，但一寫就知道，要進入狀況就麻煩了，不只是我原來想的那樣。用五年寫《寶島大旅社》不是一開始就想好，我知道有人會設定四到五年是一本小說的單位，但我不是用這樣的角度構想，這本下手寫了一到兩年才算是熱身，後來又大改，因為有很多細節的問題。

所以我都是穿插著寫，很難算得很清楚。不是有種說法，角色會來找小說家，角色要往哪裡跑他會告訴小說家。像《寶島大旅社》，只要回去掃一次墓，就會看到很多角色，要重新寫這些角色的變化。例如有次掃墓祭祖仙姑般的四姑提到我姊前面還有一個姊姊，每天夜哭很難養，出生不到一年就生病死了，但不久我媽又懷了我姊，就很擔心是不是死去的女兒來投胎報復，我姊也曾覺得她是不是別人的替代，媽媽對她有一點客氣，是不是把她當成死掉的姊姊。因為家族的怪角色很多，我先從印象比較深的先寫，但會有個更大或更深的東西跑出來，叫你寫下來……

你曾經問我，書中姑婆顏麗子跟我的關係，其實她的原型人物是我祖母，老時代的祖母是真的綁小腳、養花，名叫金枝，娘家的大家族非常有錢有勢，他們家是有九十九個門、六個大進的四合院大宅院，顯赫家世，大開大闔，好幾房生意做好大，傳奇般地發跡，但是最後卻有一個六叔公一夜之間把全家地契偷去賭錢偷光。那個年代她的興趣是看小說耶，而且是線裝書，喜歡《清宮祕史》跟《明宮祕史》，這才

是真正的行家，看帝王君臣后妃太監勾心鬥角。就這樣，她一生愛看線裝小說，一生也像小說，經歷了不同殖民時代戰爭逃難，千金小姐的她嫁給我爺爺，是一個日本時代小學校的校長，熱愛蛇腹相機攝影術，但後來死了。早我兩代只剩下女祖輩的辛苦持家業，男祖輩全部死光了，叔公、爺爺、外公不是早死就是失蹤……

我祖母有點像《百年孤寂》的易家蘭，但她沒有法術，法術是我加的，她代表的是一個眼界或文明的視野，跟戰爭世代只念到小學、初中的我爸是不一樣的。

莊瑞琳　　　所以你一開始沒有想過說，假設你要處理家族，不一定要寫虛構，也可能是非虛構。

顏忠賢　　　對，它甚至可以類似只是訪談，用敘事者的角度訪問九十多歲的叔公、八十多歲的姑姑、七十多歲的大表姊，但那畢竟不是我原來想的那樣。我知道老派家族史小說太多人寫過，雖然我小時候就在彰化老布市火車站那個地方長大，但我不想用地方誌的方式寫，或只是懷舊的故鄉回憶。甚至我還避開，寶島大旅社旁邊就是賴和以前最喜歡喝酒的山水閣。

比如事實上我可以把《寶島大旅社》旅社部的性描寫切掉，變成獨立的東西。可是為什麼要留？在我之前的小說《殘念》中，色情是一個比較抽象的哲學問題，但在這本書的色情卻是別的隱喻。你知道，一個家族最悲慘的不是一起死，最慘的就是變成孤兒。我看到我們這一代有些畸零的，人生岔題走到奇怪地方。我爺爺那代的遺棄是因為戰爭、失蹤，我爸那一代的遺棄是因為生意垮掉，世界的現實太殘酷，可是到我們這一代的被遺棄是叛家叛教、自我放逐，很像《教父》第三集，艾爾帕西諾在解決掉幫派老大們後，仍舊是妻離子散眾叛親離。或許虛構更能傳達這些事情。

莊瑞琳	你最後選擇用文學的方式來處理你最想做的主題，我的理解是，你過去寫的影評，關於空間的思考，最後以一種文學的方式全部放在小說作品裡面。很像是一個總結，在你的修練領域當中，你會的一切武功，最後反而是被文學這個相對傳統的媒介全部包容進來。可能就像是你說，這是最初也是最後的回返。
顏忠賢	對，最重要的是這個，還可以講一些技術性的問題。你看，我以前那些書玩到那種程度……
莊瑞琳	我覺得九〇年代的出版品想像超過現在的程度。現在大概沒有條件去玩《時髦讀書機器》，或者你從耶路撒冷回來後出版的《J-Walk》《J-Shot》這兩本怪書。
顏忠賢	對。那時國際藝術村要開始，馬英九剛當臺北市長，在國際藝術村的大廳做第一次展就是這兩本。去耶路撒冷待三個月。《J-Shot》那本關於攝影的所有文章，我是在回臺灣後一個月內弄出來然後出書、辦展覽。我的照片當時在耶路撒冷展一次，回臺北來展一次，這種機會只有一次，只有「想把藝術當成政治進步的籌碼」的那個時期可以做到那種瘋狂等級。那是我對很多跨領域的瘋狂試探，其實都已經差不多到了底。我的意思是，那時候可以瘋狂地玩到這樣，或許我應該做另一些更激進更不可能的事。 說實話，我還遇過一個更離譜的解釋，我朋友說你大流年這十年不好，流年不好的時候寫小說最好。（笑） 《寶島大旅社》寫的過程根本不是因為知道會得獎，根本完全不是用目的論的角度，因為如果這樣，我完全不會走向這一行。我在城鄉所看過真正野心勃勃要去打天下的人。雖然他們還是有理想，左派的理想，想要改造城市，改造社會……

莊瑞琳　　　但他們同時是競逐資源的高手，他們也是狼群，你也可以說他們是有理想的狼群。

顏忠賢　　　所以我後來就退了，不想跟他們爭。

莊瑞琳　　　其實兩條都是不歸路，狼群是不歸路，你走你的，也是不歸路。

顏忠賢　　　是啦，但我沒想到這裡面的賭注會大到，已經不是從現實考慮來計算。其實有個真正的要害是，我開始對左派的理想、前衛的可能……失望，因為我是真的有下田野，知道這些內在矛盾沒救了，我知道民間疾苦也知道這些左派的狡猾或勢利……

莊瑞琳　　　有時候比右派還要糟糕？

顏忠賢　　　後來就見證了。我在九份山上三個月，每天跟當地人講臺語講一個下午、講一個晚上，因為我知道所有討他們歡心的語言技巧。城鄉所有一派人不會講臺語，不要說臺語，是沒有辦法講真實人民的語言，不是講胡塞爾、阿德勒，而是真的問人家說，你女兒最近好嗎，那隻狗為什麼走路跛腳。每天的語言都是這樣，回去又是紅衛兵式的討論，要改造地方，這裡有多少派系，很有趣，很像格瓦拉要顛覆什麼。那時候整個九份一家咖啡廳都沒有，只有菜市場裡的一家芋圓。
我問了自己一個問題，我可以幫九份做，為什麼我不能回彰化幫自己家族做？當時老家顏鄭堂鬧分家，我在彰化的輩分是沒有講話的餘地，地契要蓋幾百個印章。我當時發現這條路是不可能了。最後還有一個重要原因是我去英國曼徹斯特讀書，遇到一個老師是真正的高手，他跟我講建築的哲學理論，曼徹斯特就是英國工業革命萎縮爛掉的情況，街上都沒有人像廢墟，他最大心願是把舊歌劇院買下來讓我

顏忠賢	們去念書。他也講到左派內部真正的問題，我如果寫會變成杜斯妥也夫斯基的《附魔者》，會變成一個很像左派裡面的異端，事實上我現在已經是了，只是我逃走了，沒有要跟他們爭東西，逃走只是想要把肚子裡的幾道真氣整成我自己不會很痛苦的樣子。算起來二十年，前十年我真的很認真在每個機會裡面，做每一件事，就變成一本書或一個展覽。其實你的個性也是，做字母會表面上只是一套書，但內行人就知道你是在做一個阿凡達計畫，要付出很大代價，因為真的蠻蕭條的，每個地方都是在開省電模式。
莊瑞琳	那你稍微回答了文化養成那一題。你曾經在訪談中提到，在臺大城鄉所階段經歷了解嚴後野百合的狂飆，臺灣在這之後二十年像是青春期沒有完成革命就爛掉的狀態，然而在這二十年中，同時也是你在全球化的疆域拓展中，不斷延伸觸角的時期，到倫敦、耶路撒冷、紐約、巴黎等，去年也去了愛荷華國際寫作班，所以我不太知道你會怎麼述，像你這樣的人，你的文化養成是什麼？
顏忠賢	我講一下所謂的全球化，我不覺得這是我個人唯一的經驗，尤其是戒嚴時代長大的。我們第一次出國已經是二十八、九歲，現在很多學生小學就去香港了，對香港比對土城、中永和還熟。我有時候會騙大學生，有人教你怎麼投資第一桶金，累積財富，我的第一個一百萬都花在旅行，還愈跑愈遠。但旅行不只是一個文化養成這麼簡單，比較深刻的是，就像奈波爾、翁達傑、魯西迪他們的經驗，你出去才有辦法重新看清楚臺灣是什麼意思，或者我長大是什麼意思，或者理解被美國洗腦到什麼程度。我在旅行與全球化還有另外一個身分，我是一個當代藝術家，你可以假裝是要去看建築，龐畢度中心、北京故宮，因為那地方是現場，《三寶西洋鑑》不是一開始有寫曼谷大皇宮，都可以按照這個來策展，有一章已經把鄭和藝術節的架構都寫進來了，

在小說美學裡面，虛構不是真的或假的那麼簡單，是你對真實的理解可以到幾層。

當代藝術建立了奇怪的腔調或發問，如果你進入夠激進的圈子裡面，像在威尼斯雙年展或 Documenta，可以可怕到，你會看到塞爾維亞的戰地廢墟一個小孩在踢足球，踢到後來你發現他不是在踢球，而是一個人頭。你嚇死了，會想說這是藝術嗎？他也沒有意識到他被拍了。另外是一個人在旁邊被插管叫作詠嘆調，你看到他在流血，聲音啞啞，可是題目是莎士比亞的十四行詩，什麼都可能了。最激進的建築、美學、藝術都在逼問……韋勒貝克得獎那本《誰殺了韋勒貝克》就是在寫一個藝術家，如果藝術是一個自由度大到行動藝術像謝德慶把自己關起來，全球這樣跑一遍，才是真正洗一遍，把全部 CPU 換掉。我第一次對繪畫的理解，是去西班牙馬德里看畢卡索的格爾尼卡，那張畫很大，展覽有一公里長，幾百張都是他的習作練習，那時候我已經三十五歲了，才意識到真的要做大作品的配備，雖然畢卡索已經很有名，但那太難畫了，因為那是戰爭、轟炸、屠殺，要用怪里怪氣的立體派來畫，這幅畫二戰後又流落到美國，中間吵了很久，直到佛朗哥政權結束才回到西班牙，所有過程就變成一個大展覽，而且是永久展場，原來每一幅練習全部都是作品，我對繪畫的理解是到那時候才啟蒙。他在想的事情，可以規模大到這種程度。我去印度看他們蓋石窟，是挖一座山耶，以前雲岡石窟刻的和尚都是戰爭沒死被救回來，就在那邊一輩子發願，是要賭命的，而且不是賭，是你要還，從神學角度來講，你做這件事情的原因、因果，你可能一輩子就刻一根腳趾頭……我後來去西藏去印度去尼泊爾去耶路撒冷，才知道臺灣發生過的事是什麼意思……公路電影有一種有趣的發問方式是，通常是你去的原因、地方甚至路徑，都是變數，會遇到誰不知道，你會不會找到也不知道，可是你找到其他東西，完成一直想做但沒辦法做的事情。溫德斯是六〇年代的人，所以他很浪漫而且很廢，但跟現在的廢不一樣。

我真正覺得我的人生觀改變，是去看國際影展的時候，看費里尼、柏格曼、早期最好的伍迪艾倫、黑澤明，但旅行是你真的去現場，看到大江健三郎、谷崎潤一郎以前住過看來會鬧鬼的旅館。應該是這些事情有養成上的切割或重組。不能解釋成旅行，因為現在所有人都在做。

莊瑞琳　　那你是怎麼讀書的？你是一個怎樣的讀者？寫作上的習慣是什麼？如果看你的《明信片旅行主義》、《J-Walk》與《J-Shot》等書，就會發現你隨時隨地在記錄並轉為創作，包括去年去愛荷華寫的十二萬字日記。也因此知道你隨時用手機寫作，再用平板電腦修訂也不會太驚訝，不知道你的寫作習慣與工具二十年來有何轉變，這種媒介上的轉變是否也反過來影響寫作本身？

顏忠賢　　寫東西，其實我一直進化沒有成功，我還是用手寫輸入，蒙恬早期有出簡單的手寫板，有智慧型手機後方便非常多。這很像菲利浦・狄克的小說。德希達寫過《聲音與現象》討論一件事，文字用寫的還是講的，文體會改變，訊息會有語言學上的差異。像我有時跟我姊聊天會故意錄音，甚至早上起來夢是用講的。電影《雲端情人》的男主角愛上那個跟他講話的人，卻是個機器，但這個聲音會幫他整理文稿寄到出版社，甚至不能說是情人或助理，那可能是一個理解這個世界的另外一種激進版的完成，很多作家會抵抗這個，但其實它是完美的。或者你像日本作家真的找一個助理，你就講，打完再修，或者列印出來再修，我寫書也是，紙本定稿前會再改。我這部分非常老派，喜歡有一本厚厚的東西放在手裡看。我遇過真正的天才就是駱以軍，講出來就是一篇文章，手寫稿幾乎不用改。像我都到處跑，利用時間在咖啡廳寫，調整自己可以在非常零碎的狀態下完成，修改的時候如果沒有一個比較好的方法會很麻煩。寫東西會有五個階段。第一個階段是有一個想法。我在愛荷華遇到很老派的作家會準備三本筆記簿，一本是

札記，一本拿來想小說的結構，一本是跟人物角色有關。有種很尖酸刻薄的說法是，當小說家不難嘛，只有兩個條件，你就每天好好寫筆記，另外就是想一個好的小說名字就可以了。（笑）像海明威站著寫，有的人一定要喝酒，陳雪要有一張大桌子等等，其實那都不見得是關鍵。

第二個階段是把這個東西記下來，一段一段有初步的輪廓，甚至只是關鍵字，第三個是要整成一篇文章，有時候寫短篇評論或散文到第三階段就結束了。長篇小說真正難是在後面兩個階段，就是列印成紙本的修訂以及校對。因為長篇作品每天都在寫，只能讓進度完成，所以你有時候覺得這個夢很厲害寫了一萬字，但你就是當機，只能列印成紙本再來修訂。說真的，即使到第五階段校對，出書前我都還在大章節地調整結構。尤其像《寶島大旅社》、《三寶西洋鑑》都有三條線，必須要切割開，甚至一小段一小段檢視，小說規模大到像艾可的每本大小說時，根本就像圖書館，作品基本上是在做一個讀書或研究計畫，我還沒有那樣的條件。

莊瑞琳　　　《寶島大旅社》與《三寶西洋鑑》都採取三部對位的寫法，《寶島大旅社》以歷史、肉身與建築以三螺旋 DNA 的方式交纏，《三寶西洋鑑》則以鄭和、馬三寶（其實是鄭和的本名，但馬三寶是當代人）以及古物考交錯，你曾說寶島的每一部都藏有某位作家的手法，不知道這種三部的寫法，為何會成為你架構兩部小說的主要方式？

顏忠賢　　　我不是故意都要寫三部，其實鄭和本來有五部曲，除了馬三寶、鄭和與寶船老件考，有一部要寫馬三寶是個水鬼、恐怖分子，找鄭和古董之外，他還有祕密特務身分一路去西洋打探。還有一部是異國性冒險，馬奎斯《愛在瘟疫蔓延時》式的冒險，寫馬三寶是個臺版 007 跨國尋歡客卻無法勃起，像是太監鄭和的隱喻。但這兩部再放進去，《三

寶西洋鑑》就會更複雜更分心而可能失焦。恐怖分子那一部我在耶路撒冷、紐約好幾回遇到拆炸彈的狀態，曾寫過十幾萬字，這種題材，臺灣小說還沒有人能寫。《寶島大旅社》一開始也不是三部曲，可能是完全分開出成三本小說。書中的「旅社部」單獨出，像是《殘念》的續集，「寶島部」的家族部分獨立出來比較容易切題讀家族史小說的期待，也比較容易切割辨識，「顏麗子是如何蓋寶島大旅社」部就出圖文並茂小百科，像《玫瑰的名字》小說就多出一本中世紀僧院古圖書館的圖冊。小說這個概念都可以百科全書化。但是後來還是拼接成這樣三螺旋體的巴別塔架構。

莊瑞琳　　　　這兩部架構龐大的作品要怎麼安排，在寫的過程中是一塊一塊寫，進入組合的階段後，是按照順序組的嗎？會一條線寫完再寫一條線嗎？

顏忠賢　　　　這兩本可能都是四個長篇的分量，光是其中一條線就變數很多。《三寶西洋鑑》的寶船老件考原來比較接近鄭和語錄，是後來到東南亞一趟才決定切割成這樣。或者鄭和學家的理論到底要放多少，我擔心寫太短的話會沒辦法談，因為都是大問題，也無法都放進小說裡，所以才有這麼多篇附錄。說實話，這個書本來關鍵在西洋，但我後來處理的是三寶，我還蠻喜歡最近研究大航海時代的知識史、文明史或疾病史，但我在處理老的鄭和，宮廷的部分，分心太多的話並不好。甚至後來我專心講古董商，是比較奇怪的鄭和故事的折射，也很危險，因為大陸現在有很多古董小說或盜墓小說，我要的也不是那個，因為那有一點像 007 或法櫃奇兵，需要情節的曲折。我甚至最後一年還在大修整，刪掉某些部分，因為規模愈大愈麻煩。

《三寶西洋鑑》還有知識背景的問題。鄭和變成神這件事有很多角度解釋，我的解釋比較像是人類學家或考古學家，且要用小說語言去理解。這本小說寫到後來我也很心虛，寫《寶島大旅社》還稍微有把

握，但鄭和的資料是被燒毀掉的，是不存在的，所以要重新建構這個東西，比較像拼湊碎片。有一種腔調是鄭和學研討會，但那不是我要的，因為我覺得鄭和在方法論或形上學的討論比技術上的東西重要。就像卡爾維諾《看不見的城市》，關鍵不是在城市，是馬可字羅與忽必烈在懷疑的東西與小說敘事的問題，在美國出版的時候，美國人就說要改寫，不然美國人會看不懂，語言太新了，馬可字羅也被寫爛了，鄭和也是有名的爛題目。這蠻難，歷史小說要跳脫掉角色，森山做為《寶島大旅社》的關鍵人物，或鄭和做為《三寶西洋鑑》的關鍵人物，光是考古上在解釋這兩人的重要性，就有很多辯論，以及史觀上的差別。另外是小說語言的拿捏，要怎麼更曲折更不一樣，這讓我煩惱很久。我去了曼谷與麻六甲之後，才發現太有趣了，因為鄭和被當成神的過程，有點像是歷史人物的忠貞節烈碎掉了，要拼回來，拼湊的過程有些變成虛構的，像姑婆顏麗子。

回到剛剛說的寫作的五個階段，長篇小說下到第三階段，大到一定程度就會破掉，因為我前十年大部分時間都只處理一兩千字，甚至連字母會的小說，我狀況好的時候，一個晚上就可以寫出來，因為五千字相對於鄭和麻煩並不大，而且可以集中在凱麟給的概念上。這五個層次來講，改變寫作習慣後，後面三個階段拖了很久。鄭和這本原本想要刪到四十萬字，但我刪了三千字就完全當機，因為裡面有些塊狀是已經掙扎這麼久寫出來的。我已經刪掉恐怖分子，還有馬三寶的性部分，再拿掉的話我就沒辦法解釋這個情緒，我就當機，雖然我知道四十萬字是一個市場門檻。

莊瑞琳　　　那你要談一下閱讀嗎？

顏忠賢　　　在愛荷華的時候，有個九歲小女孩說是校刊編輯，來訪問我寫作與讀書，我想起四十年前，我在她的年紀，意外住過兩年的老西門町，有

個在地下室的兒童書城。意外發現那密室般的怪書店後，我每天都去，還都待很久，幾個月下來，就快要把地下室成千上萬本的所有童書全部看完。之後，愈來愈捨不得，所以愈看愈慢，捨不得把它看完。現在想起來，那時候好天真好可憐，覺得這個人間所有的書就那麼多了，就要被我看完了。那種捨不得的心情現在想起來，實在有點可憐也可笑，但那時沒電腦沒網路，甚至沒有漫畫，還在戒嚴時代。不過以前東方出版社古代中國演義改編的老故事書，倒是很多很多：七俠五義、包公案、薛丁山征西、薛仁貴征東、開唐、封神、彭公案、施公案、濟公傳……都有。甚至還有整套的福爾摩斯和亞森羅蘋的偵探小說……怪盜與名偵探的對決……最後看到《小五義》和《基度山恩仇記》，是我大表姊送我的，比較深的江湖恩怨國族叛亂陰謀。

初高中之後，跟所有人一樣，還是全看洪範、爾雅、九歌的書，簡單到琦君、梁實秋那種入門款，林語堂寫的蘇東坡傳都讀。那時候都雜食，沒有人帶你看。對小說的閱讀，從白先勇、黃春明、陳映真……入門到真正難度更高的，是在上大學後，我哥哥有一櫃都是志文出版社的書，會看赫塞、卡夫卡、叔本華、紀德、諾貝爾文學獎得主全集。結構群書店出現之後，大陸一批作家莫言、余華、蘇童、王安憶進來了，同時更「後」更怪的書也開始出現，那時有卡爾維諾跟米蘭·昆德拉，就是時報大師名作坊那一整套，複雜度更高，而且是顯學，波赫士全集是更晚。當時研究所的我很饑餓地想在城鄉所亂念理論，就會讀完羅蘭巴特再去看卡爾維諾，或者讀米蘭昆德拉《被背叛的遺囑》、艾可《悠遊小說林》、卡爾維諾《給下一輪太平盛世的備忘錄》更多關於小說理論的書。我在城鄉所雜食動物般地亂聽過很多臺大人文老系所很硬的理論課，社會學、歷史哲學、藝術史……甚至自己亂看更難更硬的德希達、德勒茲。我後來讀艾可就很著迷他的雜食，小說涉入中世紀的神學，亞里斯多德的詩學喜劇、十字軍東征……最後寫出《傅柯擺》、《昨日之島》這樣的作品。

莊瑞琳　　　　你認為什麼是歷史？什麼是寫歷史的方式？在《三寶西洋鑑》中你引用的南朝陽羨書生的典故很有意思，讓人想到波赫士的〈環墟〉，在《寶島大旅社》中也提過，這個故事沒有開頭也沒有結尾，夢境似乎是一種你建構歷史的反歷史、反經驗式的寫法，這是一種有趣但悲傷的歷史建構法，一方面要往起源追溯，但一方面卻建築在連續不斷的夢境上，於是連有堅實史料的鄭和、森山松之助，都在這樣的敘事中瓦解了、虛構了，所以鄭和是誰，甚至敘述者最後也問，我又是誰？

顏忠賢　　　　有一個原因是，我覺得我太乖了，要找到一個切入點，不是過去在理解的那些秩序，另外不只是夢，就是家裡某個人出事，家族本來有內在的潛規則或秩序，但有差錯跑出來，《寶島大旅社》常常在寫出事的人，像我三姑吃得非常胖，她本來很漂亮，後來出問題就大吃，吃到很胖。這是《紅樓夢》的寫法，碰到夢就會變形，就像歌舞劇在沒辦法解決的時候出來跳一場奇怪、華麗、荒謬的舞。我一直想跳脫某種家族史寫作，夢多到一個程度時，夢會自然啟動，以前很乖的角色會被切換掉。因為我爸掛了，家族如果要維持某種關係，我回去都很客氣，你知道他們的禮數，怎麼跟他們打交道。真正的原因是，我那段時間真的常常在做夢，夢見我爸我媽，那些夢很奇怪，我沒辦法解釋，其中有篇就是爸爸變成金頭髮，變成大壞蛋約翰屈伏塔，把我們丟在荒郊野外，逍遙法外帶辣妹去玩。我有次跟駱以軍講這個夢，他解夢方式跟我完全不一樣，他跟我說你一定要寫，他覺得我過去寫的都不是自己最內心的麻煩，都比較像是在講別人的事。我自己變成解夢人，佛洛伊德上身，那其實都是隱喻的回答。我怎麼沒有用過這個角度進入事件？如果用我姊的解釋方式就是神來保守我，或是我夢見我媽，覺得很害怕，通常夢出現的方式都不是你準備好的，我有寫到一個關於我媽的夢，她開了一家服裝店，像三宅一生全白的，像高科技實驗室，放衣服的地方躺著一個我家死去的人。現實生活中，我

媽一直想開一家服裝店，沒有開成，但也不可能會是三宅一生那種，來光顧的人沒有穿衣服，直接就躺上去了，像懸棺，但大家都很開心，沒有人覺得那是死亡。自從我爸過世後，我很難得見到她很開心，我爸過世十年後她過世，從一個坐賓士車的扶輪社社長夫人，到臺北來變成移民，每個禮拜幫人抹地板，我媽跟我姊的手被洗潔精弄到起泡爛掉，甚至她晚年有一些憂鬱症，後來還肝昏迷，但她在夢裡很開心。把夢當成一部電影看，我怎麼沒有用過這個角度想這件事？這才是真正我講的，用夢來寫的原因，或者最簡單的理由就是，它來找我了。

莊瑞琳　　　所以小說中這些夢，有多少是你真的夢到，有多少是用虛構的方式寫出那些夢境？

顏忠賢　　　大部分都是我真實夢到，有些細節我有調整。

莊瑞琳　　　那很驚人耶，你的夢相當驚人。

顏忠賢　　　鄭和的夢也是，《三寶西洋鑑》同樣是從鄭和的夢開始寫。我感到好奇的是，鄭和最後一次下西洋，距離上一次隔了十年，他年紀跟我差不多，從四十歲到五十歲之間，總共經歷十七年，他知道這趟出去一定會死，他在海上到底在想什麼？永樂皇帝已死，孤臣孽子心境，但他又是大船長。我當時做了幾個夢，後來就寫成鄭和的夢。你可以說這樣是把歷史情節魔幻寫實化，或說妖怪化，但這都不是關鍵，關鍵是鄭和在船上到底在想什麼？這還沒有人寫過。至少要像加勒比海盜，亦正亦邪的強尼戴普跟海妖搏鬥時，要怎樣去描述他的程度。我開始寫鄭和的夢，一個兩個三個四個，事實上是整合了我自己的夢。我在鄭和部都是很大的主題，甚至有一段是政爭，永樂皇帝期間的火燒紫禁城，這東西是歷史研究，蓋紫禁城跟火燒紫禁城都是前所未

有，因為是全世界最大的帝國蓋一個全世界最大的帝都，建全世界最大的艦隊，編全世界最大的百科全書《永樂大典》……這到底是怎麼一回事？難道真的要用寫慈禧的方式去寫它嗎？

莊瑞琳　我覺得其實你到《三寶西洋鑑》才完成史觀，《寶島大旅社》還是家族史，比較是解決你對家族的困惑，這個放大版就是《三寶西洋鑑》，要回答六百年來的歷史問題。

顏忠賢　對，而且這六百年來史觀上的改變，是完全顛倒，各方面產生永遠不可能解釋的困難。歷史是虛構的東西，你發現那些傳說般的東西，至今還在控制我們的歷史與信仰。這個史觀的政治不正確有好幾個層面，有一個跟中國鎖國有關，至今仍爭論不休，事實上永樂的晚年就鎖國了，再下一次打開已經到清朝。另外一個是經濟史，為什麼資本主義沒有來到中國？這曾經是全世界很熱的問題，連黃仁宇都處理過，是大歷史角度的研究者或漢學家關注的問題。鄭和通常都是當中重要的舉例。鄭和的航程可能沒有布局完成，但從生意角度來看突然抽手是完全不合理的。我也提到下西洋牽涉的政爭，當時比較謹慎的書生文人是根本不贊成下西洋，或者頂多去一次吧，怎麼會去七次，而且二十年之間光是為了做船國庫虛空。朝廷內部的爭論很多。根本不是把鄭和當作民族英雄的那些人所說，鄭和好像很厲害，國家很支持，所以稱霸全世界，這個邏輯太簡單，裡面的派系鬥爭與永樂的篡位成功，到現在都還是個疑問，那時候的文獻還全部被燒掉，怎麼可能呢，就像你造一艘太空船，然後把文獻都燒掉，再怎麼樣也會留住嘛。西夏也是突然就不見了，所以才會寫成那麼奇怪的東西。所以史觀這件事不是正面負面那麼簡單。雖然我中間處理了很多複雜的東西，但沒有把鄭和或明朝完全處理成負面的事情，我想的是在文明或史觀上的高度，它應該是一個巴別塔的差錯，就算它沒有完成，但是

很重要的小說敘事上的，就像鐵達尼號沉船的差錯。所以史觀爭論非常多。

莊瑞琳　　其實你有安排馬三寶去拆解帝國的敘事，雖然你在鄭和部沒有質疑，但你透過馬三寶後面的追尋在拆解了。我會覺得《寶島大旅社》與《三寶西洋鑑》這兩本小說之間還是有史觀的連結，比較像是討論敗者的歷史，一種是家族上的敗，一種是，我覺得鄭和是東洋跟西洋國力轉換的隱喻，鄭和下西洋代表帝國狂想跟荒謬的失敗實驗，對比於哥倫布的成功，從此之後中國鎖國，中國再也不可能稱霸世界的舞臺，處理鄭和像是在處理後來失敗的東方。所以我覺得很有趣，整個都像是在做一個敗者的研究。

顏忠賢　　這個敗者還有幾個有意思的分岔點。《1421：中國發現世界》作者孟席斯就說，其實是鄭和發現美洲，甚至第七次下西洋，鄭和已經派了兩個副船長去麥加跟羅馬。近幾年有一部影集《達文西惡魔》在講達文西，從達文西的筆記看起來，跟《天工開物》的某些造物有關，搞不好啟發了文藝復興，不一定是模仿，因為《天工開物》就是明朝的技術總結，差不多同時期的東西，如果可以跟達文西扯上關係，那就是文藝復興很重要的切入點，等於是更高度的文明給你一支機器人手臂，你就可以造一艘太空船。鄭和就是當時帝國最強的艦隊，很科幻。

莊瑞琳　　你透過鄭和的故事在講另外一種文化碰撞，後來的東方人受到西方現代衝擊，但你在描述的是以前的東南亞人如何受到鄭和的衝擊。很有趣的，還包含你怎麼去平衡這種歷史的對反，比如陽羨書生的典故。因為現在很多歷史敘事很容易受到拉美魔幻寫實的影響，即便不是刻意的致敬，幾乎在臺灣小說不斷看到這樣的手法，當我看到陽羨書生跟波赫士〈環墟〉的手法，突然有了一種平衡。其實我意識到這個之

後，還蠻感動的，因為你在《三寶西洋鑑》一直在處理東西方之間的往返、平衡。

顏忠賢　　謝謝你有看到這個。所以我把鵝籠那篇放在很前面，那其實是形上學的假設。

莊瑞琳　　這種存有論不需要透過拉美告訴我們，在我們自己的文化典故裡面是有的，同樣在問我是誰，真的假的之間的關係。

顏忠賢　　卡爾維諾《給下一個太平盛世的備忘錄》當中的〈快〉甚至講莊子耶，皇帝要莊子畫螃蟹，莊子說他要十年，十年過後莊子就拿張紙畫了一隻螃蟹。等級最高的小說家會處理到中國的典故，這個部分的高度非常高，又跟拉美不太一樣。如果不是用這個角度講，其實很險，通常一個國師跟大將軍的對話怎麼會去講哲學問題，這是我們這時代的發明。但通常談到史觀就好像是異端，鄭和過去真的就是異端。史觀真的很重要，如果不這樣處理會太簡單，不然就會變成宣揚國威，在海上壯烈成仁，他的死亡到現在都還是謎。

莊瑞琳　　你在二十一世紀為什麼要重講鄭和的故事，一定跟當代要討論的哲學問題有關。你借用了鄭和的故事在回應這些問題。

顏忠賢　　鄭和是完美的異端，他爸是元朝的大官，整個家族被滅了，他卻在明朝當官，投效的永樂還是篡位的，在政治史上是有問題的。宗教上，他自己是回教徒，又剃度當和尚，在船上拜媽祖變成道教。性上面是太監，所以鄭和是不男不女，亦男亦女。可以說，鄭和對知識理解的高度，都跟當時的主流格格不入，他的異端成為許多問題討論很好的對象。

莊瑞琳　　除了夢境的流動意識，在這龐大的敘事架構中，還有一層流動就是「家」，家做為一種時間的流動與穿越，所以有許多鬼魂，家做為一種空間的不確定，所以寶島大旅社的「我」，在一個又一個的居住地打尖客居，甚至像蒐集建物一般，一一巡禮過各種都會旅館。你覺得你想要描述的家是什麼？你很多文字的流動性建立在這個家已經廢了，即使重建，也是一個廢墟，那為什麼要重建？

　　　　　《字母 LETTER》已訪問過駱以軍、陳雪與你，你們剛好是三種棄兒狀態，你在世代上的承接失落，不太同於駱以軍的外省第二代，以及陳雪的底層階級，你們花了很多生命的時間在處理離散，但從童偉格、胡淑雯與黃崇凱開始，他們三個已經不是這種孤兒，好像是要重新打造家屋的人。

顏忠賢　　在講比較精準的歷史或家族史，或所謂回去光耀門楣之前，先講被遺棄的事情。我的紫微命盤是太陽入命，而且是金光萬丈，駱以軍說朱天心、他太太也是太陽入命，有王者之氣，但他沒看過有人是太陽在午時入命宮，就是太陽最亮的時候，眼睛是會瞎掉的。但這種格最大的問題就是剋父剋子，女性還好，這是真的，我爸生意最好的時候其實我最弱，我爸去世那一年我得了最多獎。

　　　　　我處理家族的角度，不只是政治流亡，家族的流亡是反生殖的，就像《寶島大旅社》旅社部有這麼多性，卻沒有要傳宗接代，鄭和也是，他是被閹割的人，那些子孫都是假的，這牽扯到更大的國族隱喻。家族往往祈求花開富貴繁衍子孫，多子多孫多福氣，但鄭和就是全斷耶，不只是太監，他是性的異端，政治的異端。因為家族很重要的前提是，內部有一個關聯是可以接起來的，所以很多人把兒子當成未來的隱喻，可是鄭和是絕子絕孫的。我在《三寶西洋鑑》寫到很多地方，如非洲人或麻六甲人認為自己是鄭和後代，是高貴種族的後代，甚至立碑，但都只是傳說。到印度柯欽，鄭和死去的地方，那個村子裡的

人也覺得他們是鄭和子孫。這造成繁衍子孫的反差。所有談鄭和的人還是把他談成民族英雄，很像孔子第幾代子孫的說法，但《三寶西洋鑑》是家族倫理的顛倒，家族的異端是比性或歷史的異端更反諷，這部分從來沒有被認真談過，我前面說本來要把馬三寶寫成一個性變態、到處打炮的水鬼，但我就是希望性的部分不要太多，我後來反而處理的是種族繁衍的差錯。在臺灣寫家族有一種老派的語言，講好聽是本格派，但就是喬家大院，頂多是紅樓夢，所以家族狀況是穩定的，但我現在講的家族是破掉的，甚至因為後代轉信基督教把祖先牌位拿去毀掉，所以這部分的異端化，事實上是我對家族的看法。不然寫小說為什麼要寫家族，寫散文集就好了，花那麼多力氣，所有角色都是家族裡的人，並不是要寫全家福祿壽，是完全顛倒。

駱以軍、陳雪我們三個人，阿撇在處理他爸外省第二代，總體中國流亡的隱喻，陳雪就是探究底層，我好像是出差錯的貧窮貴公子，文明末端的流浪漢，古龍的《三少爺的劍》是有家世的，家族有巨大的傳統，幾代目那種，也因為這樣，後來我處理離散會進入一個馬翊航寫的偽物的唯物體系，包括蓋建築的細節，買包包。我最想處理的是物質世界的文明高度，例如吃懷石料理是什麼意思，收古董可以收到哪個等級，但我家族的配備又不夠，所以我是用全世界到處亂跑，靠我自己，好像流浪漢在撿奇怪的寶物，拼湊出來的鬼東西。這個家，因為真實就已經離散，但不是遭遇上的，更核心是內在世界的離散。我姊就問我說，你是不是有那種被遺棄者的傷心，我就說妳可以這樣講，她希望我也可以去教會，但我就是沒辦法。因為我的被遺棄不只是家族或血緣，甚至不是神的。進入這十年，我跟過去養成的身世已經愈來愈遙遠，我是被每個地方都遺棄了，或是我遺棄了它們，我是逃走的。藝術圈子的人我十年不見了，他們覺得我寫小說好像在釣魚釣蝦賞蝴蝶。這件事情如果不是在對的地方講，很像退休的興趣。以前我書法是掛在故宮院長的辦公室裡面，可是我都逃走了。所以那個

被遺棄不只是家族，而是我自己的人生做了一個很大的切割。

莊瑞琳　　　二〇一四年在《印刻》，駱以軍找你們幾個好友策劃了一個對談，他問你們一個問題，什麼是理想的家，黃哲斌、陳雪與戴立忍的回答都非常具體，很物質，要有什麼房子桌子，電腦、設備，只有你一個人的回答都是比喻，不是一個家。你常說你對兩個東西很絕望，一個是家，一個是愛的可能，所以我在想，你並沒有要重建那個家，因為那個家並不存在。

顏忠賢　　　或是我要重建的家是顏鄭堂，其實《三寶西洋鑑》也是我的家族史，把顏家往前推到八代之前的鄭姓祖宗。你剛剛講說，希望家是什麼樣子，我非常喜歡出這種題目給我的學生，你只要看他畫圖就知道，他沒辦法閃躲，他喜歡的東西等級到什麼程度，你就知道他家裡多有錢，跟家裡關係好不好。

莊瑞琳　　　所以你也給自己一個沒辦法閃躲的題目。因為家是你很麻煩的問題，你花了十年想這個問題，你要怎麼建造，再把它全部拆掉。

顏忠賢　　　真實世界要為了家或愛付出的代價，經常是一生的賭注，例如買房子，或者要跟一個女人好好在一起的承諾，這些比較像是祝福性的想像，代價太高了，通常撐個幾年我就偷笑。（笑）不是愛情的問題，是我自己有問題，因為我花這麼大力氣做這些事，旁邊的人會被我連累。韋勒貝克寫的性就是對愛的絕望，不是複製人的問題，是無愛繁殖。村上春樹對愛也是完全絕望，很瑞蒙卡佛，愛跟家的關係都疏離了。我會解釋說這是我人生的缺陷，我甚至願意把那些錢都拿去做衣服。做衣服是另外一種逃亡方式，那跟我的美學實踐有關，你一定沒有找到寫時尚評論的那本書，就是《穿著 Vivienne Westwood 馬甲的灰姑娘》。

莊瑞琳　　　這種遺棄或被遺棄的狀態，感覺根源都跟父親有關。爸爸過世這件
　　　　　　事，是你第一次意識到遺棄這件事嗎？

顏忠賢　　　其實我是到很晚才⋯⋯這很像災後憂鬱症，因為在戰場上受重傷要先
　　　　　　逃命，才能好好理解災難有多嚴重。就像爸爸金頭髮的夢，駱以軍就
　　　　　　解釋是因為我現在比較有自信一點，才有辦法去做這樣的夢，不然以
　　　　　　前的夢都很慘，以前的夢都是他暗暗回來，我還沒醒他就走了。駱以
　　　　　　軍說金髮父親就是我的投射，他不是別人，他就是我，所以我現在想
　　　　　　到父親就是一個厲害的大壞蛋，把自己弄得時髦騷包，帶著辣妹開遊
　　　　　　艇，好像我內心比較有把握，或者呈現我對我自己想像的新開始，而
　　　　　　且比較有自信，比較華麗，不是我爸生意失敗之後悲慘的狀況。所以
　　　　　　所謂的父親很複雜，不是舊的家族史講的那種一代接一代，我講的是
　　　　　　其實父親根本沒死，他在我的腦袋裡面。我現在就差不多是我爸死掉
　　　　　　的年紀，我們對自己一生的期待，在某個程度上也走到我爸的路，因
　　　　　　為野心太大，賭了不應該的賭局之後就垮掉了，所以跟父親有一個更
　　　　　　辯證性的關係出現，不是好或不好那麼簡單，火影忍者第三代跟第四
　　　　　　代、第五代完全一樣，都是死在野心勃勃，不應該有的野心。我姊是
　　　　　　股票經紀人，最大的問題就是沒有大戶，我們常常開玩笑說如果爸爸
　　　　　　還在，就不用去伺候小戶，甚至可以住帝寶，或者建築圈子的想像就
　　　　　　是去臺東買一塊地蓋別墅，安藤忠雄等級的，讓家族可以回到海邊聚
　　　　　　會，或者我爸給我們看的奇怪瓷器，真實頭髮匠的人偶，或者懷石料
　　　　　　理，但這些東西就不見了，所以重構的過程你意識到，你的詛咒就是
　　　　　　你這一代即使已經夠強夠厲害，但這一代已經滅亡。我父親那個是一
　　　　　　個真實世界的斷裂，破產流亡，沒辦法，但這是我現在總體的一個隱
　　　　　　喻。如果我爸還在，搞不好我還是逃走了，不會去當建設公司大老闆，
　　　　　　可能還是在流亡，在做這些怪事情。

莊瑞琳　　　你們對家的具體想像，是要建立在一個假設上，如果爸爸還在的話。

顏忠賢　　　這件事也很怪，轉信基督教或者性別上，我姊始終沒結婚，或者我哥在德國十年，他變成某部分的法西斯，只聽布拉姆斯的室內樂，只看叔本華，我都覺得我的情節還是比較可以理解。因為他們的信仰賭注更大，像是恐慌造成的曲折。

莊瑞琳　　　你的流動性也呈現在語言上。愈到近十年的作品（包含這五年的字母會）語言使用的刻意失序沒有結尾（大量使用刪節號甚至沒有標點符號），都是一種時間感的再破壞，讓我想到德勒茲說時間的壞孩子，刻意的失序與瘋狂顛覆線性與秩序的時間，語言就是這個壞孩子的武器，不知道你自己在語言使用上的思考為何？如何拿捏完全無法閱讀的極限？你寫夢的方式已經變成一種方法。

顏忠賢　　　這兩本小說要處理這麼複雜的題材，小說的修辭腔調其實有刻意區隔，書中分成旅社部、寶島部以及寶島大旅社是怎麼蓋出來的，旅社部與寶島部的語言就不一樣。旅社部的語言會比較複雜，寶島部寫到跟自己小時候最切身的語言就不想太複雜，有些情緒會因為修辭太複雜而跑掉。「顏麗子是如何把寶島大旅社蓋起來的」，文體比較是從理論、建築史的語言出來的素描勾邊，會有一個新的節奏出來。

　　　　　　到《三寶西洋鑑》這本更麻煩，更多區隔……有的鄭和部的或馬三寶部的怪句子被我拉得更長更碎或是更不確定，我甚至有點想要讓它變成同時是一本中國古書或外國的翻譯小說，很像小時候在看桂冠或看志文出版的書。

莊瑞琳　　　偽裝成是外國人寫的，翻譯成中文。

顏忠賢　　　　對。你讀艾可的書就會有這種感覺，他講到古代的哲學或神學典故，甚至刻意會用好幾種外國語言去對比，比較像比較文學的論文在寫的東西，他會花力氣整合再把它切割成小說語言。

所以可能就是受外國語文翻譯的影響，或刻意要在小說中找尋一種「詩」的試探。我覺得你問這個問題非常棒，到現在還沒有人問，只有楊凱麟說我太怎樣太怎樣，用很多「太」是精神分裂的狀況。語言的切割方式在小說裡充滿無限變化的可能，例如普魯斯特或法國新小說都有破壞文法的怪異寫法，《寶島大旅社》「大佛」那一章開頭有一段楔子，我就故意完全沒有標點符號地寫，像咒語一樣。你知道《裸體午餐》吧？他的文字根本沒辦法翻，他在寫吸毒，很多字都是破掉的，字跟字之間很多刪節號，是錯亂的語文狀況。這是最「後」的語言，小說敘事的技術性操演，竟然就變成影響後來數十年的小說史天書……其實精神分裂另一個層次的隱喻是鬼上身，如果我在寫的是真的這麼重要到充滿神通的鬼東西，這本小說應該是另一種通天的天書，甚至這種鬼東西就不應該被寫出來。像「與神對話」或是「奧義書」，祂跟我講我就寫出來，起乩，這種語言的狀況只有乩童或解籤詩才有辦法解。

最古老與最新的東西是有關係的，像巫師在原始部落，神透過他講故事，因為只有他聽得到，所以他翻譯給部落的人聽，而且古時候都是文盲，所以都是口語的，語言出現的方式是迷亂的。

莊瑞琳　　　　你相信命運、神或鬼這些嗎？

顏忠賢　　　　我是用一種最不相信的方式在相信。不是切換成我拜你，你保佑我，或者是宿命業障，這一輩子的困難是在還上一輩子的業報，我所理解（也必然同時充滿誤解）的接近神的經驗……比較像是最古代的中世紀神學院或是宋代的佛家禪宗討論的神學佛學，近乎抽象的哲學語

言。這種東西一不小心切換，就會變成「希臘神話」、「藏密古傳經」、宗教小說《天路歷程》，或是賽斯奧修那種神祕抽象到很像玄學式的哲學，祂是比較複雜的體驗，極限運動的等級。

但在我的小說裡面，我很喜歡的一個說法是，靈童、仙姑或巫師事實上就是說故事的人。彰化死過很多人，是鬼城，它是一個軍事要塞，每次要打臺灣就要切斷大肚溪。我寫到我姑姑一輩子都去拜大佛，這不是一個人或一個家族要不要信，彰化簡直是《百年孤寂》的馬康多，但這個馬康多是有大佛在保護，即便最後子孫卻流離顛沛離鄉背井。

我的小說裡到處都是道士、鬼魂、仙姑、幽靈、邪教教主，好像在寫鬼故事。但真正的原因是為了要有一個疏離於原來角色的可能，不只是鬼跟人的關係，而是通靈的人理解人生的差錯，或者人做為人的塌陷。通靈的姊姊或姑婆，她們原來的角色在大家族中是沒有位子的。但是，通靈的切換使她們就是某一種小說敘事中的主角，神通讓她們像希臘神話裡面的半人半神，可以進入一個常人完全沒辦法完成的任務或不可能理解的狀態。在小說上，這會有一個最大的可能性出來，一個好的小說家要有能力處理他跟真實世界的折射關係，或者逆轉的可能性，大概也因為我長大過程身邊都是這樣的人，所以就變成我跟真實家族保持折射的方式。

在耶路撒冷有一種已經變成是心理學專有名詞的「耶路撒冷症候群」，就是常常有瘋子半夜只圍著旅館的床單就跑到大街上說：「我被天啟了，我聽到神跟我講話……」但那個神是誰？沒有人知道，每個人聽到的神都不同。最有名的瘋子就是耶穌，就是穆罕默德。那邊好像是一個很強的 wifi，所有人都收得到東西，但收到什麼不知道。做為隱喻的話，對通靈或鬼神的入迷，像是異教徒對基本教義派的質疑。所以書寫家族史時，夢是脫軌的方式，異教徒也是脫離的方式，這當然不是有些很蠢的魔幻小說，我感興趣的也不是法術法事，反而是我姊在叛教或切換時的懷疑。我有時候也覺得蠻好奇，為什麼不讓我真的

有神通可以看到或聽到，那一定又會完全不一樣。

莊瑞琳　　　搞不好會通靈之後你就不會再寫作了。

顏忠賢　　　對！說不定我就去寫另一種純色情或是純愛情的風花雪月的東西
　　　　　　（笑）。我不知道我的神通是什麼，但是一生不斷遇到有神通的人，不
　　　　　　斷聽到他們告訴我他們的一生看到過什麼鬼東西，或是就像你說的：
　　　　　　如果我自己看得到，我就不會寫了。
　　　　　　我遇過一種更真實的解釋，反而是一種更極端的隱喻……小時候我媽
　　　　　　帶我去算命，算命的說，我是一個當廟公的命，可是最大的問題是，
　　　　　　我這輩子要找到要拜什麼神，大概是一個很大的問題。所以，我就是
　　　　　　一個還沒有找到自己廟的廟公，或是還沒找到要拜什麼神的廟公。可
　　　　　　是我突然發現這個說法還蠻接近現在的我。寫小說，做設計或是藝
　　　　　　術，我這一生好像，一直在找一個巨大的文明或是信仰，或是一個神
　　　　　　祕的什麼，但好像一直找不到。所以不管我寫《寶島大旅社》，把家
　　　　　　族史寫成一個挖祖墳的怪旅社神話鬼話，或寫鄭和這個六百年前中國
　　　　　　最大的艦隊艦長去找西方文明，但是後來出現一個波赫士式的差錯，
　　　　　　其實都很像在找那些鬼東西。甚至我在實踐教怪異的和前衛的藝術或
　　　　　　設計，帶這些小孩這些小鬼。或許我已經是一個廟公。我已經變成一
　　　　　　個人肉蒲團，變成廟裡奇怪的老掃地的一個老和尚或是一個神經病了
　　　　　　吧！這或許也像是我對小說的看法，那廟我覺得就像文學，剛好把我
　　　　　　這些鬼東西全部都埋葬在裡頭，可是也意外開花結果出一個奇怪的很
　　　　　　像巴別塔、邊蓋邊垮的怪廟。

莊瑞琳　　　預言放到更大的歷史架構來看，《三寶西洋鑑》中最有趣的設定，就是
　　　　　　兩種西洋的對照，鄭和當年所下的西洋，其實不是真正的西洋，但故
　　　　　　事中馬三寶跑到紐約描述那些唐人街景象，馬三寶代替鄭和到了真正

的西洋，卻看到許多奇怪的東方主義式的景象。你似乎透過《三寶西洋鑑》的書寫在預告，大航海時代開啟之後六百年的變化，早就蘊涵了你的家族的命運，以及你個人的離散，如今你怎麼思考西洋對你的意義？尤其在你到過愛荷華寫作班之後，你真的去了西洋。愛荷華在文學史上已經變成一個隱喻了。

顏忠賢　　　在愛荷華你可以看到這個世界現在的輪廓，美國創造了這個機會讓各國作家集結，西方的隱喻就是這個世界的隱喻。所以我看到有個北非作家是伊斯蘭教徒，法文非常好，他所生長的古老文明是第三世界國家，但他又遇到西方的主流文明法國，法國可能就是兩百年前的美國，文明的可能性就在他身上長出東西。還有個拉丁美洲的 gay 拍阿莫多瓦那種電影，劇本寫得很漂亮，或者有個新加坡作家英文非常好，可以用英文演講，他還可以做國家的國際金融顧問，自己有一個建設公司，他常常說他自己變成一個生意人了。切割出很多可能性才是現在西洋的假設，變成全世界的隱喻。我遇到庫德族的女生，到現在還沒有國家，或者非洲人喜歡殭屍，他說他們的殭屍不是吃人的，是給人吃的，吃肉是一種祝福，是給晚輩的……不是好萊塢殭屍亂咬人那麼簡單……

莊瑞琳　　　你翻譯《寶島大旅社的》姑婆托夢那一段到愛荷華，外國作家可以理解你在寫什麼嗎？

顏忠賢　　　他們理解沒有那麼困難，他們有很多人的背景跟奈波爾有點像，是多文化影響的背景，所以聊起來很容易，他們對家族或姑婆托夢很感興趣。那部分比較像是一個一級方程式的地方，人是對的，但翻譯是比較麻煩，光要把中文比較準確地翻譯成英文就會遇到很多困難。談到馬三寶跟鄭和的兩種西洋，鄭和看到的西洋搞不好就像是去非洲島

嶼，是蠻荒之地，跟六百年之後我們去的西洋，他們是把中國當成蠻荒的地方，是倒反的。

莊瑞琳　　所以如今要見到全世界還是要去西洋對不對？

顏忠賢　　至少不是臺灣，大陸還有一點機會。在愛荷華的相處時間夠多，雖然我去過紐約，但藝術家語言能力沒有作家這麼強，可以兌換出來的經驗也比較多。想起來，我大學時很想去念外文系。

莊瑞琳　　千萬不要。（笑）

顏忠賢　　因為我在愛荷華遇過很強的人，就是教英美文學史的教授，寫小說之外，寫論文用字遣詞之厲害。

莊瑞琳　　西洋楊凱麟對不對？

顏忠賢　　對對對，吵架功力非常高，我那時候都不太敢寫，因為英文不好，只能寫一些碎碎的東西。真正厲害的人你看摘要就知道功力。愛荷華對我來說，變成一個複雜的西洋的縮影，對這個世界的理解方式已經不是人種或特殊文化，而是一個總和。所以那部分是非常享受，也很恐慌。駱以軍比我更慘，因為他英文不好。我上場時有個主題講就好，但聊天時，大家講的笑話你聽不懂，很丟臉。（笑）

莊瑞琳　　等黃崇凱今年回來，字母會六個作家就有四個去過愛荷華，可以開一個愛荷華經驗分享會。最後一個問題是，在愛荷華日記中，你提到接下來想寫的書可能將取材於住在新加坡的堂妹，你描述說那地方是非常現代與古代，在最前端也最末端的交會。而這似乎還是延續你一貫

關注的主題？。

顏忠賢 　我們兩個年紀差不到一歲，小時候常玩在一起。她很聰明也很怪，最怪的是去美國念了會計碩士，嫁去新加坡，在當會計事務所上班的閒暇時間就跑去學中醫，她還去叢林裡面幫人家針灸。這一方面是家族外延的外傳，另方面新加坡剛好是新舊兼具，也是中國跟西洋的接點。我想處理像是奈波爾，有一個更複雜的輪廓，也就是每個人都有更複雜的跨文化狀態。我之前算是寫了魯西迪的《午夜之子》，那如果要寫等級更高的東西，那可能會是什麼？我現在準備的狀況可能要更像艾可，有一個知識史的輪廓。但這需要一點時間。

莊瑞琳 　六百年前的文化混種，到現在的文化混種到現在還是一樣的，什麼事情在讓文化彼此混種，也許六百年來沒有太大差別，是我們當代人以為有很大的差別。

顏忠賢 　對，一處理到恐怖分子，又會拉高到另一個難度。以色列檢查行李，他在看你的眼神，查你的東西，是整套特務的方式。我去就看他們在拆炸彈，我就說想做一個行動藝術，從頭到尾拍下來，文化局長說不要，最近真的都在拆炸彈。阿拉伯人說這個很容易啊，你就放一個紙袋在十字路口，一下子就會有人去了，而且程序完全一樣，你就可以拍到你想要的東西。恐怖分子的經驗不是一定要殺人，而是會有荒謬的事情出現。可以寫一個卡夫卡版的恐怖分子。文化局長帶我們去看表演，是前衛的戲劇表演，兩三百人小劇場，現場只有一塊黑黑的布，做得很簡單，從頭到尾只有一句對白，我問是什麼意思，原來是「別碰我」，我們看起來以為是男生性侵女生，沒有耶，它就是炸彈！他們從小就面對這個，所以什麼事情都變得很尖銳，他們對死亡的理解是軍隊高度戒嚴的理解。所以恐怖分子完全不是電視上講的那樣，是

進入一種很奇怪的精神狀態。那種狀態完全不是在臺灣長大的小孩可以理解。這個東西其實切換成小說的經驗，還有很多事情可以做，但我在愛荷華說，我去那邊應該死了，我大概寫不出這兩本麻煩的程度了。《寶島大旅社》比《紅樓夢》還厚耶。

莊瑞琳　　　寶島是八十萬字。

顏忠賢　　　所以我覺得我應該要謙虛一點，楊凱麟對我幫助蠻大的，字母會雖然好像是一個自殺行動，它的美學高度，因為我們現在很長時間都在照顧怎麼在現實上怎麼讓它出來，可是字母會是一生只有一次的經驗，這群人可以這樣，卻同時生各種病，每個人都快死了。一個小說家一輩子能寫的最好的時光，就像村上龍現在寫《老人恐怖分子》就是沒有《共生虫》好，村上春樹後來的東西也沒有《世界末日與冷酷異境》好，後來就偏甜了。或是像大江健三郎，我沒有那麼在乎他對日本社會的政治的角色，我還是覺得以小說來講《換取的孩子》《憂容童子》《別了，我的書！》那三本是最好的狀況，因為《百年孤寂》不可能再寫一本，以小說來講，《百年孤寂》或《2666》那種，一個人一輩子只能拚一本。

莊瑞琳　　　你現在還願意再用五年換一本嗎？

顏忠賢　　　（嘆氣）如果命還在，大概願意吧。

顏忠賢與
SCHIZO

◉ 楊凱麟

臺北藝術大學藝術跨域所教授。研究當代法國哲學、美學與文學。著有《虛構集：哲學工作筆記》、《書寫與影像：法國思想，在地實踐》、《分裂分析福柯》、《分裂分析德勒茲》與《祖父的六抽小櫃》；譯有《消失的美學》、《德勒茲論傅柯》、《德勒茲，存有的喧囂》等。

顏忠賢的小說總成了 schizo（分裂仔）的紛亂宇宙，字句漫天撒落，敘述拔地而起轟然而塌，無中心、非人、去主體、不可思考、力比多流湧與安那其動員。小說就是分裂與錯亂，文字漫生糾結甚至癌化，敘述旋繞著幾個容易「出事」或已經「出事」的力量結點緣起性空，古廟、老家、仙姑、怪夢、旅館……總之「鬼東西」與「鬼地方」，不斷瓦解與湧現，如鬼魂作祟，如蛆附骨，一整個裂解而逃離無望的夢囈與夢魘。

顏忠賢的小說書寫由是徹底「反評論」，這意思並不只是說他的小說無意讓人評論，而且甚至是評論的不可能，因為整體而言他以書寫生產一種總是分裂與去中心的紊亂，並在小說中促成其極大化，系統與論述就此解離與散逸。這種錯亂與躁鬱的流湧完全另類於任何形式化與建制化的敘述，取消可以定位與定向的情節穩定性。德勒茲與瓜達希在描述資本主義時曾指出當代的欲望流動不斷瓦解疆界、總是逼近著「確切精神分裂的界限，它在無器官身體上傾全力生產如同去符碼化流湧主體的 schizo。[1]」

schizo 是由 schizophrène（精神分裂症者）截出來的新詞，像是精神分裂症者的某種小名或暱稱，或許可以譯為「分裂仔」或「神經仔」，是由不斷自我解疆域化的欲望流動所策動並總是摧枯拉朽地驅使前往邊界，甚至越界的衝動。

顏忠賢的小說主體便是 schizo。

❶ Deleuze, Gilles et Félix Guattari (1971). *L'anti-oedipe*, Paris : Minuit, 41.

書寫等同於某種精神分裂，且因為此分裂而逼近語言的邊界，或不如說，語言的邊界其實不在任何意義所可駐足之處，而僅在於由分裂所迫出的無意義（non-sense）與錯亂之中，這亦是卡羅爾（Lewis Carroll）在《愛麗絲夢遊仙境》中由精神分裂的小女孩（一個小女 schizo）所見識的世界：語言之流如同文字的無政府狀態湧出，成就一種無人稱的景觀，一種主體消亡的啟示錄與處處弔詭的風景。

並不是有一枝筆一張紙（或一臺電腦）就具備當代書寫的條件，事實是，書寫已經徹底不可能，因為所有能寫與想寫的材料早被前人寫盡，既有的語言永遠呈現一種枯竭狀態，意義荒蕪，語言永遠不夠用，一切可以援引的句子都已是陳腔濫調。書寫的困難在於，這個最終必須被逃離之物恰好也是唯一可用以逃離的工具，要離開語言的僵死狀態還是只能透過語言本身才能達成。然而，書寫的條件永遠還未被給予，永遠還未降臨在書寫者身上；他必須一面書寫一面尋覓與實驗使書寫再度可能的條件，或不如說，一面逃逸一面找尋反擊的武器。

在書寫的不可能性中，schizo 誕生在邊界，但邊界從不是藉由任何漸進方式一步步抵達，因為語言或思想的邊界並不來自遠近距離的地理學測度，它不是線性運動的結果，界限經驗不來自距離的遙遠，而是讓語言就地成為某種迷宮，使書寫成為一種強度旅程。schizo 是書寫與思想的可能性[2]，但這個可能性卻僅來自對一切符碼的攪亂，這使得創作具有必要的殘酷性。書寫必然是殘酷的，因為我們不可能書寫而不背叛既有建制、原則與形式，不可能不背叛爸爸媽媽與「我」。對 schizo 而言，書寫從一開始便僅成立在這個絕對界限上，必須一下子就進入「粹純與生硬的強度狀態」，這便是書寫的零度。

於是我們看到，不管是字詞的調度或情節的舖陳，顏忠賢的小說都已事先浸入「太多餘緒的不堪」（字母 U）之中，總是「太艱難人生引發可憐卻可怕的幻覺的加強版或隱藏版的再一回動員的無限動念」（字母 N）。小說因此一動念便已內爆崩潰，或者不如說，這個因過度

❷ Deleuze, Gilles(1968). *Différence et répétition*, Paris : PUF, 192.

增壓使得敘述內核已塌縮無光的宇宙是小說唯一存在的道場，因此每個出場的「顏忠賢人物」：老仙姑、老醫生、老法師、師公乩童、阿嬤、怪女生……，每個被描寫的「顏忠賢場所」：大眾廟、怪廟、老廟、老旅館、老醫院、老整骨店、爛歌舞劇場、古城、神殿、老房子……，都立即已是組裝與裂解中的 schizo 程序，這些「鬼東西」與「鬼地方」都已就地成為 schizo。

　　像是技術太艱深的匠師所打造的器物……而他們打造的是太艱深的身體。像術士的術。看過太多，太新或太舊的太多流派……的術，舞術。她迷戀太多形貌神韻都太精妙太繁複太不可能的舞……及其對身體的太艱深的召喚。但是，到了後來看過太多，那些舞的術她一看就知道之後會怎麼往下跳了……所以往往她還沒看完就完全厭倦了。因為那種「術」完全填滿她的想像，一如沒有餘地的餘緒，因為術愈好愈艱深……愈糟。（字母 J）

　　在許多地方中小說被無以名狀的太、太、太、太……所盤據與覆沒，彷彿不過度與不溢出就無以為繼為小說，小說的時空一再被急遽拉扯翻滾於矛盾修詞的正反兩極中，總是「太新或太舊」、「太進入或沒進入」、「多性感或多殘忍」、「又開心也又傷心」、「也不夠用心也不夠傷心地想更盡心一點」。在總已是瞠目結舌的無言以對中，顏忠賢一次一次地機械調校與升壓字句的陣仗，直到可視性像是被文字的重力所強拽貫下，僅能在已塌陷成黑洞的內核中以無限的速度往返衝撞，沒有出口，徒然等待，僅剩「太多餘緒的不堪」。

　　書寫成為各種「餘緒，與太餘緒的」糾結與錯亂，因此總是有著過剩的「太」，這些怪異的「太」蟻聚成一種文字的紀念碑，成為顏忠賢小說的獨特景觀，而且屢屢反過來，由「怪」、「更怪」與「太怪」的詭異表達構成了這個莫可名狀的「太」：

　　每回提到表姐出的更多更怪一如得怪病的怪事，就說千萬不要講。

　　更無法理解的是另一段怪異現象般的怪異時光……更是為何她表姐出家之前半年一直在找她，應該是因為她虔誠近乎瘋狂的什麼怪事，但是更後來的她卻始終不敢接其怪異偏執表姐近乎天天打來的電話或簡訊或電子郵件的種種。（字母O）

　　「怪」的文字系列與「太」的文字系列不斷在紙面上扭結疊套，為日常的語彙塗抹不正常的光量，並在小說中形成巴洛克的機械構成，太、太多溢出的怪與怪、怪重複的太，太怪與怪太，太太與怪怪……過度溢出的太最終導至小說意義的內爆，太不再太太，不夠太，反而太「不太」，太多的太顯得太有點太底氣不足，被變性為「太不夠」與「不夠太」，但因為太不夠反而需要更多的太，成為字的惡性循環與無間道。顏忠賢的書寫將漢字的意義圍困在表達的弔詭困境中，在下筆前便已經身陷「太」的稀缺與不足，太與太不夠、太多與太少成為同一回事，「多即是少」，過度成為書寫的常規，例外因「納入性排除」而成為日常，見怪不怪，怪得不太怪與怪得永遠不夠、不足讓怪這個漢字被卸除了引信，摘了爪子，怪得怪但仍不夠怪不太怪與怪的缺貨、欠奉。就像是每個詞彙都必須再度被「太」所增壓以便被寫入紙頁，怪亦永遠面臨怪得不夠，必須拉開長長陣列，怪總是要再更怪免得不怪、太不怪與不太怪，以便喚出那「更多更怪一如得怪病的怪事」與「怪異現象般的怪異時光」。

　　每個怪地方（或鬼地方）在顏忠賢的字母裡都成了萊布尼茲的疊套式花園[3]，「在那個怪廟裡頭的每樓都仍還是會出現了更多更怪的人和事的奇觀」（字母C），或用更好萊塢的觀影經驗，都成了太《全面啟動》式的多重夢境（「她的夢竟然有六層」，字母T）。總之，在怪這個字中再塞入怪以便怪怪，但太怪卻又總已經不太怪與太不怪，因為這些「怪怪的什麼」已經「都太膾炙人口太多年了」（字母E），因此

❸「物質的每一部分都可以被構思為一個遍地長滿植物的花園和水中游魚攢動的池塘。而植物的每個枝杈、動物的每個肢體、它的每一滴汁液都又是這樣一個花園和這樣一個池塘。」（Leibniz, *Monadologie*, 67）

大家都世故地懂得當我們討論怪，我們討論的是什麼。在太多年的觀影與閱讀歷練下，「怪事」、「怪神情」、「怪故事」、「怪旅行」、「怪聲音」、「怪鏡子」、「怪胎」、「怪心法」、「怪夢」、「怪妹妹」、「怪座位」、「怪畫面」、「怪字」、「怪現象」、「怪狀態」、「怪蛋糕」、「怪液體」、「怪地方」、「怪朋友」、「怪教派」、「怪電影」、「怪塔位」、「怪天氣」、「怪光景」、「怪廟」……，或「鬼地方」、「鬼故事」、「鬼動物」、「鬼衣服」、「鬼話」、「鬼上身」、「鬼壓床」……，小說成了這些冤親債主所召靈匯聚的結界，不適切、非日常而且「已出事」的某種「神經兮兮的怪狀態」（字母 S）。

　　語言在自身的表面晃顫，意義發抖，顏忠賢的小說以不穩定、錯亂與分裂的字串產出一幅幅靜物寫生，在「出事」後的雖死猶生，still life 但其實已經壞掉了（「人間始終是壞掉的狀態」[4]），時間被按下了暫停鍵因此雖生猶死，各種法師、乩童、師公、整骨師、醫生在小說的不同層級中輪番進場，為了面對這個壞掉的景觀社會，在視覺的駭人意象上，顏忠賢的小說非常接近喬彼得‧威金（Joel-Peter Witkin）總是橫陳著斷肢、屍體、畸人、SM 與瘋狂的影像，一種令人毛骨悚然卻又飽富古典趣味的風光。影像裡一切都是靜態的，安靜到近乎嚇人，小說必須逐一 coding 細節以鋪排某種「死亡的自然」（nature morte），重口味而且從不掩飾內心的恐懼：

　　　　剛剛宰殺的各種哺乳動物內臟還液體淋淋斑斑的冒熱煙霧的從體腔中挖出的落地生根般的噁心極度的黏稠胃腸心肝臟器滴下的腥臭鮮血……

　　仍然淌血斷氣中的動物黝黑冷去的層層腐爛中屍體竟然就同時鑲嵌變成了肉身噁心惡臭的建築雕刻，就像在古城門上的那一隻眼眼憂鬱的長頸鹿伸長了長蛆發黑的長脖子深入窗洞，再伸出長臂勾繞的許多肉身已腐敗化膿的猴群始終在數層高牆的曲弧壁垣攀爬跳躍，在

❹「那法會的法師老說：業，一如修行，一開始是教你看仔細這個壞掉的人間……怎麼看壞掉的別人也就是怎麼看壞掉的自己。壞掉的太多人的內心不平靜，所以想說話，還想大聲 話，很難能修行……修行要覺知正在發生的現在……業，就像想要修好其實早就壞掉了的現在。」（字母 T）

門洞的半斷頭半斷犀角的犀牛，在殘破的山牆最末端上空，是一隻伸張羽翼原本華麗璀燦但是已然骯髒 廢潰爛到令人不忍逼視的病危孔雀⋯⋯（字母 F）

　　一整個顛倒諾亞方舟的集體死亡意象，意義或許並不那麼重要（意義是三小！），重要的是想藉由這些意象所召靈、降乩與附身的獨特靜物寫生，那是一種怪事與怪物（鬼東西與鬼地方）的集錦。因為已經出事了，因此一切皆泛著死物的陰陰慘慘，而且愈停留在字詞與意象的表面就愈怪與愈通靈而有神。

　　然而與威金對於畸型與屍體的偏執迷戀不同，顏忠賢的小說似乎更專注於提問「什麼是人生的怪事？」而且總是預先地擔憂無能真切給予小說式的答覆，害怕不夠怪與怪得無有創意，在這點上，顏忠賢創造了一個更接近波希（Jheronimus Bosch）畫中的奇幻世界，只是這並不再是屬於舊約的，而是由老仙姑與老師公所描述的宇宙生機論與萬物有靈論，場景也已不在伊甸園或煉獄，而是散布在各地老廟、靈骨塔、墳區與老旅館。也許也很接近日本怪談漫畫或電影，各種鬼神妖獸纏祟且「業太深」的世界，在森森鬼氣中漫生濃濃的臺式或日式歌德風格（黑暗、超自然、死亡、陰魂、家族詛咒、頹廢），再加上「日本巨大機器人漫畫」式的蒸汽龐克[5]，再加上成為災難的烹飪節目或怪 A 片⋯⋯，寫小說意味著處身於永恆的「更深地逼問自己到底為什麼還會記得有過那個怪字那件怪事般的對那種自己怪人生的始終懷疑」（字母 O）。

　　顏忠賢的總是懷疑、提問以及在一切之前的增壓、越界、曲扭、過量與或許停格，構成了二十一世紀臺灣文學中最殊異的靜物畫。

[5] 比如，「只是每一層全部是那種破破爛爛也不知道怎麼使用的黝黑怪機器，拆解成怪形怪狀的種種五金零件、或是更稀奇卻又更費解的某種手工打造的精密器械，煉金術士的煉金器材般地珍貴罕見，使我在那裡徘徊流連，即使困在大雨中，也完全不在乎地低頭仔細把玩入迷。」（字母 A）

為了衰敗
的修復：
《寶島大旅社》
與《三寶西洋鑑》
的夢幻境

◉ 馬翊航

池上長大的卑南族，父親來自 Kasavakan 部落。臺大臺文所博士，現為《幼獅文藝》主編。喝酒，寫詩，寫散文。知道文學有到不了的地方，但要認真相待。

拆毀建築

　　走入《寶島大旅社》與《三寶西洋鑑》的文字造景，不會是輕快的經驗。密集的細部雕花，夢與性與暴力的隧道，對於死亡與時間的詰難，反覆地膨脹，潰散，串連，翻覆之後，那暈眩與疲勞，使人迷離，也難免使人抵抗：我在哪個房間……但如果小說並不意圖帶領你，該失望，或者叛逃？《寶島大旅社》的長壽街與旅館本身之實存，其建築工法與街巷號碼，在這部以多重細節（與幻覺）疊合、折曲以產生通道的小說，很難按圖索驥，得到確切的線索。在一部以旅社為名的小說裡，寫實技術的挪移與揚棄，對於期待閱讀組織化，企圖尋找身世地圖、故事建築確切工法的讀者來說，無疑是令人挫折的過程。與顏忠賢寫作親緣（文字美學、現實生活的交遊）接近的寫作者，如駱以軍、陳雪，也在時間相近的時候，陸續遞出《西夏旅館》、《摩天大樓》如同建築般的小說實驗，自覺性地打造小說中言之成理的工法和語彙，形成一種語言建案。陳雪《摩天大樓》中，以巨大的房間集合體，形成故事的集合體，在隔離、隱蔽、相通，以及租賃式的故事輪值連環，形成了獨特的小說建築美學：在親密中逃逸，或通向差異的未來。駱以軍的《西夏旅館》，在辜炳達的詮釋中，是隱喻性的違章建築，顯影了盤根錯節的歷史及其失重。[1]

　　顏忠賢的《寶島大旅社》，以「寶島部」、「旅社部」、「顏麗子是如何把寶島大旅社蓋起來的」，將繁雜的概念與記憶造型平均分配。

❶ 辜炳達，〈「活著的一隻被魔法詛咒成水泥化石的巨獸」：《西夏旅館》的偽巴洛克違章結構〉，《中外文學》44：3期，2015 年 9 月，頁 177-211。

建築，對應了顏麗子與寶島大旅社的建造過程，亦是小說本身邊寫邊蓋的敘述藍圖——顏忠賢是如何把《寶島大旅社》建起來的？那以長壽街為起點綿延的重重幻象，暗示的是無限期的記憶，無限期的夢，無限期的存活與死亡，無限期的敗毀。以夢境打磨的文字，起了金箔般的延展效應。但那是為了什麼？為了打造一片能夠覆蓋整個寶島的地形薄膜，或者是重新孵育歷史與身世的胎衣？那些流淌著體液，汙水，屍塊，器官的厄運，不斷連綿繁殖如同有機物的夢之藻井。他使故事活動黏連，不是輪廓清晰的素描，肌理重現的攝影，而是仿生獸（Animaris）。在風，水流，沙礫上自行運作，擺動，使故事與身世顯現其自身的推力，難以遙控預測。楊凱麟說，「絢美的誕生不過是為了最終的覆滅。」[2] 顏忠賢的小說建築，看似繁複增生，沒有限制，但其終極目標，更可能是為了拆毀與衰敗。

　　殖民地的官廳建築師森山松之助，亦是姑婆顏麗子的情人，顏麗子寶島大旅社幻夢與執念的施工者。但工程並不直接導向清晰、敞明、系統化、文明、南方、帝國的殖民語言。小說逆反了殖民地的欲望進程，森山松之助發明應對南方氣候的防蟻混凝土，竟出於顏麗子與他某次激烈性愛中白蟻的干擾。拯救建築，兌換欲望，從而將島帶進了現代；他日後在東京新宿御苑中的臺灣閣，打造種種轉折優雅煽情的細節設計，也都暗示了他與顏麗子——島嶼的示愛與激情。顏忠賢與顏麗子寶島大旅社的雙重創造之旅，都導向了擴增與逆反。寶島大旅社的完工，隨之而來的是顏麗子的崩潰；反覆出現的森山的惡夢，其實是戰爭的殘影；八卦山大佛背面的陰煞，西門紅樓的亡魂……這些卡到陰的地點，成型與未成型的建築，都顯靈了時間地層中的災厄，塌陷的現場與故事。寶島大旅社是建築，更是通道——通往破壞之學：「一如寶島大旅社的建築圖都不只是施工用的，因為只要念對了咒語，圖就會發光或發熱地散發迷香。」這種逆轉成為小說的基本設計，記憶以遺忘，存活以死亡，重建以取消。顏忠賢透過建築師森

❷ 楊凱麟，〈寶島形上學與旅社的時間綿延〉，顏忠賢《寶島大旅社》（台北：印刻，2013）。

山暗示：

森山跟顏麗子說，所有被蓋起來的建築，都不可能是永久的，但是卻希望自己是永久的。這種矛盾支持了一種類似對烏托邦的期待，一如古廟希望可以一如神一樣地被永久地信仰，但是，反而是更虛幻的。

假若所有的建築，在期盼長存的初始，亦即同時預言了衰朽與覆滅，那有沒有可能，以衰敗來成就、逆轉其預言？

夢與惡兆

「一如在幻術可能切換的時差裡，每一個旅館都變成我的夢，每一個夢都是一回深刻的靈魂出竅。」夢境無疑是推動《寶島大旅社》情節的裝置，如果夢是精神的重要內部修復機制，那麼以夢為名的建築，或者以建築為名的夢，又修復了什麼？小說中夢的纏繞是噩夢式的，但夢境反覆出現的意義，不只是以重複製造恐懼，夢本身的不能完結、徘徊不去，可能更指向了與小說語言密切相關的，多餘的美學。彷彿建材的滲水，塌陷，頹圮，炸裂，堆疊，蛀蝕，雕鏤……。「那是一個塌陷的現場，和一個塌陷的故事。」藏在惡夢建材之下的，是揮之不去的惡兆感。太多的災厄與障礙降臨，當顏麗子問通靈老人，寶島大旅社到底能不能蓋起來？老人只是預言了更大的災厄與毀壞，卻無人能夠解答，惡兆到底是什麼時刻降臨的。兆是預感與端倪，但衰敗的無始無終，使得小說全數籠罩在一切未可知的痛苦中，使敘事之我，不斷被差錯感所包圍。旅社在小說中，既是夢境的船艙與製造所，性與欲望的實驗室，同時也以其「暫留」，在激烈的淫虐與文字奇觀中，製造警示的聲響。那以夢之連環構成的小說，不只虛設了故事景觀，也不斷擾亂線性時間可能帶來的迷障。名為寶島的大旅社，同步讀取了整個島嶼的厄運，戰爭，惡水，亡靈之地……顏忠賢一如

小說中拍攝腐爛水果的女攝影家，注視衰朽，讓她所觀視、捕捉的，實存的腐爛，成為噩夢的底片，同時抓住腐爛的周邊產品，即等於抓住時間，「都那麼爛又那麼美。」即使那些接近實存，擺脫夢與幻境的歷史痕跡，在小說漂浮的夢之霧氣中，突然顯現路徑，似乎可以延循著時間，一同步行至有光的地帶。太子龍的華美傳奇、帝國的建築祕譜，大家族戰後的繁盛與覆滅。但最終，告訴你的卻是全數取消：「或許，我是應該放手了，就讓寶島大旅社消失了。」所謂記憶，正是徒勞無功。

徒勞之鏡：留下一切失敗的

　　這種自我承認失敗與拆散的美學，恰巧回應了餘冗的困境。出了差錯的或者正是這種對時間的巨大欲念：凡挑戰者，皆失敗。於是在這個層面上，辨識顏忠賢小說建築的成敗，也被暫時取消。這種失敗的姿態，放在當代的小說群落裡，要如何「被需求」？我們如何回應失敗，挫折，運算災難與痛苦？

　　小說暴亂與病毒式的擴增，也許正是對失敗，焦慮，徒勞無功的一種肯認，失敗不是不能親愛，失敗也不是阻絕。重要的是如何注視徒勞：為時間守靈，即便從未有任何復活。《寶島大旅社》的建築與虛造，以「旅社」的建造與拆毀，對應徒勞的試探。《三寶西洋鑑》，恰巧也以「下西洋」對應小說的險境，走入另一種徒勞與惡夢。《三寶西洋鑑》的主題看似與《寶島大旅社》全然不同，卻延長了《寶島大旅社》的三股敘事的工法，以「鄭和部」、「馬三寶部」、「寶船老件考」的虛造時空，兌換歷史內裡的患部。小說不斷拋出物件，乘載各種病徵，像歷史與當下時間的膿瘍。所謂「西洋鑑」的鑑照，可能更是「西洋鏡」的幻景，是那些「鄭和所未曾看清的隱喻」，「一如這個下西洋的故事那麼的殘忍。」船身載運歷史切片、戰爭實景、權力地形、帝國欲望，彼此疊合推擠。他不只要建造旅社，還要挖掘墳場，把碑石

打碎成廢墟，以其紊亂的航線發明另一種時間。

小說也置入各種繁複的工法物件，隱喻小說龐大、紛亂、扭曲、充滿危機與凶險的記憶之術。例如，他對寶船與古鄭和儀的形容，顯現小說本身必須處理一段玄祕的歷史（或時間）的難題，但也同樣能理解為他對小說的形容與期待。古鄭和儀的打撈出世，其精細運作的繁複理路難以被理解，「一如字謎密碼的的明代最深的的祕密啟動鄭和下西洋導航定位陰陽術觀星玄機的那個老時代的奇蹟而改變了六百年來的未來。怪道士跟鄭和說這個鄭和儀一如巫祝儀式的法器太過陰森……充滿祝福也充滿詛咒。」鄭和儀的現身與摹寫，不是為了展現文明的高超結晶，那機巧結構的整理，即是處理、凝縮世界關係的祕術：「打造某種完全不同的觀星的凝視，凝視本身取代了凝視的星辰……因為要找尋的不是星辰而是星辰的誤差……」這種對於「誤差」的觀視，回頭凝聚了整篇小說的路徑：尋找錯誤，而非尋找解答。似乎延伸了《寶島大旅社》誕生的失敗學，但誤差可能更指向我們對世界框架探險的驕傲與挫敗；不是正與反的判斷詰問，而是展現誤差與折射的路徑。

偽物的偽物

這種關於歷史差錯的困惑，在《寶島大旅社》中已經出現端倪。當敘事者走入展示販賣古代，懸掛在時空中的圓山飯店，「早就變成了另外一種充滿時差的痙攣現場。」到了《三寶西洋鑑》這種歷史痙攣愈演愈烈，仿古的鄭和茶館、模擬古代的人造物、3D 電腦動畫的鄭和寶船、穿鑿附會的身世、歷險記別冊與研討會論文、鄭和藝術節、名為《麒麟人神域：鄭和南京之謎》的巨大遊戲、豔麗平庸的鄭和寶船古公園……小說中布置了種種「擬古」、「假造」的機關，都各自透射出了這些關於時間與理解誤差的問題。唐人街、博物館、「現世」的馬三寶、漢麗寶公主的舞台劇、二流的鄭和學家，都在尋求與擬造

的過程中反覆塌陷，形成餘震。這些抽象的，偽物的指認，不只是演示歷史的破洞與闕漏，小說中馬三寶關於「水鬼」的惡夢與記憶，也的確是戰後臺灣實存的戰爭現場，只是在小說中，又再次演化成「被錯誤的記憶所包圍的人」，與寶船水兵的惡夢遙相對應。高僧姚廣孝（無法完成）的神通與預言，也暴露出另一種虛妄：預言的存在，反射了帝國自我完足，延長時間，迴避凶險的欲望。但預言的地基，其實存在了根本的詛咒與矛盾：如何預言自身的錯誤？如何照見自身的虛無？敘述與歷史的差錯圖景，自此產生了反身性格：當我們已在西洋之內，我們如何「下西洋」？當我們正在差錯之內，是否有辦法注視差錯？

這些投影至今日的困惑，回頭為鄭和製造了如同詛咒一般無法離開的西洋，密室中的幻象。考掘鄭和再現鄭和模擬鄭和與主題樂園式的符號垃圾場，都輪流指向一種難以對焦的歷史想像。「一如博物館裡充滿了太多必然要解釋但卻充滿錯誤的史觀」，這質疑博物館，卻不斷展示物件如一部贗品大全的小說，其櫥窗與長廊，拒絕通往某種單一、系統化、時間軸，透明的動線，清晰的知識樹林。正如他對差異的凝視，他似乎仍在期待敗亡的惡兆。除了小說成績的功過或徒勞外，更可能是「現在的我們並不知道」的預言學。如果《寶島大旅社》讓我們對於「過去」，以及「在現在書寫過去時空」的學問與記憶，產生了質疑，《三寶西洋鑑》的誤差之學與觀星術，畫繪出的卻是「朝向未來」的多重航道與孔縫。誤差並不可能完結於現在，誤差產於當下，誤差也撥動未來，使其終究不能被預測。「知不知道下西洋是去哪裡？知不知道下西洋是冒險的無奈的死路？」這種豪賭與挫敗不只是對時間與敘述技藝的謙讓，而是大規模的爆破，以顯現惡兆與錯誤的動力。或者他是將錯就錯，以迷亂僭越時間與知識的神壇。在顏忠賢習得與構造的，以小說內容指認小說形式（如他曾多次提及的波赫士與卡爾維諾）的技藝內，辨識鄭和的真相，可能亦是二流的期待。

一如小說中反覆變形的偽物與贗品，在小說內外，形成了兩面（或更多）的照妖鏡。當兩鏡內外互照，鏡中他物已被省略，卻要重新指認（或誣陷）照妖鏡本身的真偽：小說終是偽物？

回到《寶島大旅社》的尾聲之夢。所有面孔清晰的家族之人，肉身黏連堆疊，無限蔓延，凝聚成為巨大妖幻的肉浮屠。所有人，都必須屏息收束呼吸與肌肉，等待一次集體的騰空與空翻──當他收集繁衍所有可能與不可能的夢境與破敗，愛液與抽痛，一如《三寶西洋鑑》裡中國城的製紙老人，將所有破碎等待補救的時間全數搗爛又成其剔透的幻術，顏忠賢的製造衰敗，逆反與入侵，亦有可能是一次空翻，一次玄祕的裱褙。不逼近臺灣，也不逼近鄉土，不逼近鄭和，只是逼近無止盡的錯誤。當那餘冗的通道終於被建造成功，那餘冗終究不是餘冗，而是基進的空無。是有意為之，也是無意為之。當小說以自身入侵自身，偽造自身，那些夢就可以繼續拆毀，繼續建築，一面昏迷，一面警醒地，冒犯這個世代。像是島嶼的祭壇，一切夢幻，只是為了拆毀與焚燒。

不乾淨的
《寶島大旅社》
及其情色賦格

● 辜炳達

臺南人，倫敦大學學院英國文學博士，臺北科技大學應用英文系助理教授。目前延續博士論文《日常微觀：尤利西斯與流行》的文化考古路線，挖掘資本主義社會中現代文學與流行文化和視覺科技之間的共謀關係。翻譯駱以軍《西夏旅館》獲二〇一七年英國筆會第二屆 PEN Presents 翻譯獎。

　　這裡所說到沾惹的卻竟是用了開玩笑的口吻去說這些「冤親債主」，這些更深沉、更幽暗，往往指的是死去的、而且是死去得有問題的「不乾淨」東西，及其更因而有深的結怨、冤屈的那種會糾纏的種種麻煩。

　　寶島大旅社的建築圖都不只是施工用的，因為只要唸對了咒語，圖就會發光或發熱地散發迷香，或許，那一種圖就還是一種符，甚至那建築，也不只是蓋給活人住的，因為裡頭終將發生了那麼多離奇的故事，反而像是要把人活埋起來的。

——《寶島大旅社》，顏忠賢

　　顏忠賢的《寶島大旅社》（二〇一三年）在出版時間軸上正好介於駱以軍的《西夏旅館》（二〇〇八年）和陳雪的《摩天大樓》（二〇一五年）之間，三本長篇巨構——不妨合稱為建築書寫三部曲——串聯成一系列臺灣當代建築書寫的極限表演（或者說恐怖軍備競賽）。除了《摩天大樓》以外，另外二部曲的敘事母題和建築型態皆圍繞著「旅館」的陌異感和仿巴洛克（faux-baroque）的繁複賦格（fugue）。於是，我們不禁追問：這兩座仿巴洛克旅館在構造上有何異同？成書較晚的《寶島大旅社》是《西夏旅館》的鏡像，諧仿，還是拆解重構？假如說《西夏旅館》的基本建築單元是窮盡一切可能潛態（virtualité）的巴洛克單子，那麼《寶島大旅社》更像是由大量裝飾性碎片重複疊加

而成的浮誇立面（façade），令人暈眩且難以透視其核心。然而，若讀者翻閱《寶島大旅社》的目錄，也許會注意到繁複文字迷障底下規律的基礎結構：兩本巨冊是由「寶島部」、「顏麗子部」與「旅社部」構成的三聲部賦格。

何謂賦格？賦格展現一種多聲部的嚴謹對位（contrepoint rigoureux），通常建構在一組在樂曲序幕便已示現的音樂主題上，而這組主題會以模仿（imitation）的型態——也就是移調與重複——如鬼魂般一再顯靈。（鬧鬼正是家族史的核心母題之一：「我們即使死去也還是活著，因為我們將永遠活在寶島大旅社裡頭。」）賦格的奧祕在於多組複式旋律總以不同調性的對位結構行進、疊加，甚至彷彿數條纏繞的蛇，組成和聲互相交融，但節奏和旋律輪廓各自獨立的複調音樂（polyphonie）。蛇正是最能代表巴洛克賦格的生物，一如回憶往事的敘事者所說：「我始終著迷於那一個個關於蛇的故事。」當我們閱讀巴洛克樂譜，最初且最強烈的視覺印象，或許便是爬滿高低聲部，時而平行、時而鏡射、時而絞繞、時而吞噬彼此的頭尾的動態蛇形幾何。「賦格」這組散發著古典詩詞氤氳的漢字翻譯似乎隱蔽了 fugue 真正的涵意：「賦格（fugue）」一詞源自拉丁文名詞「飛奔（fuga）」，亦和動詞「逃逸（fugere）」有所關聯。蛇的原始生殖力和野性形象修正了賦格此一翻譯所帶來的過於文明優雅的想像：「這個傳說中到處細節長出蛇形雕梁畫棟隱隱約約潛伏的風格最歧異最形變的建築……就像蛇是活的，甚至就像還在長，還在寶島大旅社裡祕密地繁殖……」賦格與蛇是一組鑲嵌在《寶島大旅社》每一塊虛擬磚瓦之中的基因指令，讓這座噩夢中的建築繁殖增生卻又自我吞噬，最終化成無數條德勒茲所說的逃逸之線（ligne de fuite），總因為太複雜、太強烈、太多變而無法被銘記和窮盡，成為流亡文字域外的刪節號……。有趣的是，逃逸之線亦是一種賦格：法文名詞「逃逸（fuite）」衍伸自動詞「逃（fuir）」，最終指向與賦格相同的拉丁文詞源「fugere」。

　　行文至此，《寶島大旅社》的眾多主題已一一浮現：仿巴洛克、賦格、鬧鬼、蛇、吞噬、太……。揭開百年家族幻滅史序幕的長壽街散發著一股濃烈的戲謔反諷氣味：名為長壽，但大街兩側的老屋卻大都「有出過事」並「卡好多層」，因為沾惹了許多「冤親債主」而「不乾淨」。《寶島大旅社》展現了《百年孤寂》式的褶曲時間：在旅社已然傾頹的多年後，浪跡城市旅館沉溺性愛冒險的「我」回憶起遙遠過去的某個時刻，仍然年輕美豔的姑婆顏麗子即將親手焚毀尚未建成的仿巴洛克鬼魅旅社。是以楊凱麟如是說：「寶島大旅社同時是過去、現在與未來，它已經無可挽回地傾頹煙滅崩為齏粉、它即將一瓦一柱如影片倒帶筋脈逆轉地飛旋落成、它正由淫邪綺麗剎那即永恆的夢中洶洶翻滾而出。」

　　讓我們再次回到《寶島大旅社》的三聲部賦格：「寶島部」銘記了那曾經繁盛的彰化家族如何因詛咒而破敗，宛若蟄伏的頑固低音部；「旅社部」特寫了家族消亡後寄居城市的「我」無止盡的 SM 性愛遊戲與無數電影片段衍生而來的夢境，發出高潮的震顫詠嘆；「顏麗子部」亦真亦幻的夢囈則吐露出顏麗子與日本建築師森山松之助情欲橫流的殖民地之戀和仿巴洛克狂想，串連起另外兩聲部的主題與旋律。三聲部迥異的時間軸——「寶島部」是已經完成的過去、「顏麗子部」是即將成為過去的未來、「旅社部」是望向過去的現在——透過主題的賦格完成精準對位（對位詞面上的意思即是點對點）。恰如敘事中一再提及的《全面啟動》，琵雅芙（Édith Piaf）的香頌小調〈不，我一點也不後悔〉（Non, Je ne regrette rien）讓時間刻度各異的三層夢境如齒輪般完美咬合對位，隨時隨地（暴亂的小鎮，火車上，或是飛機上……）皆可運轉或終止。《寶島大旅社》則是靠著建築空間的催眠暗示讓「我」陷入無止境的迷夢：不同的旅館房間像是錯綜相連的泡沫蟲洞，讓「我」一再逼近那不斷逃離的創傷場景，無限靠近卻永遠無法真正觸及（芝諾的烏龜悖論？）。而這正是夢的動力學：被壓抑的妄想和創

傷幻化成各種瘋狂暴亂的嘉年華，但夢境總是在發夢者即將攫取**小幻物**（objet petit a）的剎那間嘎然而止。

或許賦格（和夢）的動力學可以解答朱嘉漢在〈神聖的不安〉中拋出的問題：「為何寫作？似乎有點殘酷，然而面對八十萬字的鉅著，無法不去問：這樣的書寫意義與價值在哪？」正如同我們已經知道的，賦格總是同時在追逐與逃逸：就像一條渴望吞噬自己尾巴的蛇，牠必須持續在這項不可能的運動中蜿蜒前進，直到生命驅力被耗盡為止。（假如我們這條瘋狂的蛇之爬行軌跡拓印到羊皮紙上，或許便可以轉寫成綿延不斷的多聲部巴洛克樂譜。）困在《寶島大旅社》八十萬字迷宮中的讀者不禁追問：我現在究竟在哪？為何這幢鬧鬼旅社的每一面牆看起來都很像？事實上，這股令人無助的暈眩感又再一次凸顯賦格的生成法則。若將《寶島大旅社》當作樂譜解讀（文學和音樂皆是符號在時間中的綿延排列），讀者發現它龐大的文字量體其實是由大大小小的塊狀結構拼裝而成，而每一塊文字又往往是相同主題的重複與變奏。陳雪如是說：「這些年他一直在寫，難以想像八十萬字的長篇小說顏忠賢是靠著 iPad 與 iPhone 點點滴滴完成的。」從文本生成學的角度看來，顏忠賢的寫作程序可能正是這種塊狀結構的成因：iPad 和 iPhone 的電子屏幕彷彿尺寸不同的數位磚窯，顏忠賢燒製一塊塊的文字磚之後，再將這些磚轉運至工事現場進行拼裝與建築。是以，讀者在龐大的《寶島大旅社》中重複看到不同系列的文字牆：《全面啟動》、《人骨拼圖》、《鬼店》、《銀翼殺手》、各種似曾相識的性愛場面……。

讓我們隨機檢視一面文字牆：「我會不斷想起一些畫面，曝光過度的，《惡靈古堡》或《幻影殺手》或《關鍵報告》裡那些先知或戰士所陷入的實驗室、密室、手術室、高科技的神祕現場，或庫貝利克《鬼店》和《二〇〇一太空漫遊》的更神經質地慘白，寓言或噩夢般地嚴厲，文明的最初或最末端，恐怖的無法再升級的終極版本。」太過顯

而易見地，《寶島大旅社》拼貼大量的電影畫面和意象：「其實就**像**《入侵腦細胞》」；「好**像**《惡靈古堡》」；「或**像**《古墓奇兵》**像**《國家寶藏》**像**《達文西密碼》」；「我跟她說，這些新聞，都不**像**真的，**像**一部好萊塢的預算極高的暑假大型動作片，怎麼可能，這個世界好**像**假的，真的都好**像**假的。所有的場景，角色，連災難發生的動機與收場都那麼**像**……」。反覆出現的關鍵字「像」再次指向賦格——「像」是一種類比關係，透過可言說之物捕捉總是不斷逃逸的虛幻。當我們說「A好像X」，潛臺詞其實是「A終究不是X」，而這種「似而不是」彰顯了賦格的動力學：A好像X（但調性轉移）、B好像X（但節奏不同）、C好像X（但音符序列反轉）……。當我們試圖把賦格推到極限，那個神祕的X（或者說，小幻物）即是推動一切（音樂與文學）書寫的驅力：「這個找的故事的某種替換並沒有完成。」正因為書寫無法真正攫取X（家族幻滅的詛咒與父親的死），《寶島大旅社》必須透過無盡的類比序列向X層層逼近：那個場景就像……、那個夢好像……、我的父親好像……。

　　最終的核心問題還是返回賦格與蛇：《寶島大旅社》企圖尋回幻滅家族史的史詩賦格怎麼會滑向情欲橫流的**屎溺**書寫？屬蛇的姑婆顏麗子和她爬滿鎏金蛇的鬧鬼旅社又如何串連史詩與屎溺，創造和諧的聲響共鳴？顏忠賢筆下的彰化八卦山爬滿了各式各樣的蛇，彷彿是大佛金身幻化而來：「我們的八卦山風水好，大佛身後山的深山有很多蛇洞，長出很多錦蛇眼鏡蛇都很補。」而蛇孵化行經之處萌生出「竟然是一種春藥」的蛇床子。透過巧妙的合絃替代遊戲，顏忠賢在談笑間便將神聖的大佛**變成**誘發性欲的蛇，而做為賦格主題的蛇和大佛又再度衍生出一系列的意象（儘管敘事者說「我不在乎佛洛依德」，但這確實讓人想起佛洛依德的自由聯想機制）：大佛→蛇→鰻魚→吃鰻魚→吃大佛。無論是吃蛇，吃鰻魚，吃大佛，或是吃情人，**吃**的情欲暴力本質已昭然若揭。吃的字面意義（咬碎並吞嚥）與衍生涵意（性交）

同時包含了兩股向量相反的驅力：進食是藉由殺害他者延續自己的生命，性愛高潮卻是在延續生命的過程中體驗死亡（中文說「欲仙欲死」，法文則說「小小的死亡（la petite mort）」）。這喚起了薩德侯爵的情欲悖論：透過（終結生命的）謀殺讓（延續生命的）性愛達到極致高潮。

巴代伊（Georges Bataille）在《情欲論》中如是說：「情色所有作用的目的在於直搗生命最內部的核心處，直至令人停止心跳。從正常狀態轉變到情欲高漲意味著原先不連貫的個體已經部分消融。消融（dissolution）這個詞與用來描述情色行徑的常用詞『生活放蕩』（vie dissolue）有關。」巴代伊認為死亡即是生命個體邊界的開敞（一如單細胞生物每次細胞膜開敞分裂的瞬間都經歷一次死亡），而性愛前褪去衣物的儀式象徵著肉體的開敞：「在某些人類文明中，裸體深具意義。在這些文明中，剝光身體即使不是處死的擬像，至少相當於非嚴肅的處死。」在這層意義上，「我」每次踰越常規的性愛都是為了邁向死亡，為了與長壽街上的家族亡靈相遇，暗藏一種戀靈癖（spectrophilia）的傾向。是以，八卦山下長壽街上大家族的消亡和都市旅館中荒淫的性愛冒險疊合為一，而性愛與死亡這對孿生主題最後依然是蛇的賦格：摧毀人類永生，並帶來繁衍生殖之苦的，正是一條溜進伊甸園的蛇。

《寶島大旅社》的書寫是為了**紀念**（en mémoire de）或**懷念**（à la mémoire de）一座不存在的建築與一個已經消亡的家族。透過巴洛克式不斷重複的賦格書寫，顏忠賢將逝去的人召喚回傾頹崩塌的空間，因此建築書寫的結果必然是一座不乾淨的鬼屋。無論是顏忠賢的荒淫鬼屋、陳雪的殺人大樓，或是駱以軍的違建旅館，建築書寫三部曲似乎有意顛覆多數讀者腦海中穩固、安全、永恆靜態的建築想像——試想臺灣建商那些千篇一律的巨幅豪宅海報與標語：「尊爵品味，堅不可摧」——並指向一種抗拒資本主義，不斷逃逸的動態**壞建築**。所

謂的**壞**就是拒絕被體制規訓、拒絕成為正常，而這股叛逆性格呼應了**巴洛克**的原始精神：「形狀不規則的；怪誕的，詭異的，異常的。尤其指稱一種興起於文藝復興晚期義大利且席捲十八世紀歐洲的花稍建築裝飾風格。」建築書寫三部曲透過多重造反，盡情使壞：碾碎敘事類型和文字常規，銘記被體系排除之物（違建、凶宅、鬼屋）與被壓抑的歷史記憶。在這層意義上，建築書寫三部曲彷彿傅柯式（Foucauldian）的異托邦計畫，將歷史錯綜複雜的印跡和被權力抹除的記憶地圖全部封存到文字之中：如果無法在光天化日下**存在**，那就陰魂不散地永遠**魂在**吧。

心智帕諾拉馬：
顏忠賢小說
中的媒介與技術

◉蕭旭智

一九七三年生，東海大學社會學博士。現任國立臺北教育大學
文創系助理教授。

詭態的補充

　　或許更多人喜歡把顏忠賢說成拉美文學系的魔幻寫實主義，不過以當代文化理論觀點來看顏忠賢《寶島大旅社》的寫作，巴赫金所說的詭態現實主義恰如其分，剛好指出一種對現實具有創造力理解的改造與建構。魔幻與詭態的偏重不同，我喜歡用詭態的理由是：一、顏忠賢的文字結構有很明顯的常態政體偏向，例如建築、城市、空間，而他採取一個病理學或者嘲諷現代主義策略，以中世紀解剖學或晚期資本主義精神分裂的方式書寫人，使得世間萬物都有一種九鬼周造談「粹」的妖嬈，讓人明知不可以但又忍不住尾隨，妓女跟尋芳客都是現實，但「之間」的誘惑是粹、詭態。詭態不是人與對象二分的難以理解、難以捉摸，而是人事物搓揉的存有。二、駱以軍在對談《殘念》與評論《寶島大旅社》時，已經功德圓滿地召喚小說的魔神仔降靈。例如起乩還要退駕，退駕後忘記剛剛在幹嘛，這是穿梭在魔幻與現實之間的困難，也是結界與邊界的障礙賽，是萬花筒寫輪陰陽眼的換檔加速度。然而要展開冒險至少也要一個衣櫥、任意門或者換檔撥片。同樣，詭態現實主義對於描述顏忠賢的觀落陰式（用陳雪的話「一層跌進一層的夢」）書寫與技術有擴張視框的作用，觀落陰需要催眠與暗示，也需要「現實主義」的支撐，需要外部現實做為框架。詭態現實主義是白日夢、是強大的想像力運作成果，隨時都在夢與現實之間切換。三、德希達在〈結構、符號與遊戲〉曾經講過寫作就是一種增

補，講別人沒有講過的話，對既有話語增補，產生意義。從媒介與感官現實主義的角度談顏忠賢，這貨，市場沒賣還押保存期限也沒發餿發臭，那我就來攪和攪和，二一添作五假冒信使（hermes）來著。

《印刻文學生活誌》刊行的對談《寶島大旅社》[1] 及序言形成的寶島小宇宙，四面，三角錐體的向量延伸安座如塔，陳雪提供了一種近身看顏忠賢的視角，她看得很細，看到他身體裡的痛。駱以軍看到「顏忠賢技術的祕密」。楊凱麟用相對有距離的方式看一個「小說述說了一個世界，但是這個世界裡住居著小說家」的立體模型。但還是有幾個問題可以繼續探討：一、駱以軍稱顏忠賢的技術是建築師建築史，換個角度看，是拆除大隊吧？二、陳雪問「但是已經四散的故事在哪裡？看不見全景怎麼辦？」全景是什麼東西？三、楊凱麟稱的極度摺曲凹陷空間真的存在，而且看得到？本文做為增補，我也來講幾個媒介考古學的研究取向，沿著一與二三，一起蠕動吧。

視覺串流與文字直播

前期的顏忠賢以建築與語言來看待空間，從他博引班雅明、阿圖塞、德勒茲、德希達、李歐塔到詹明信等等，可以看到有一個光學顏忠賢與一個視覺──文字化自動書寫的顏忠賢同時並存。例如《不在場》、《無深度旅遊》、《明信片旅行主義》以及兩本耶路撒冷的攝影與書信日記體之中，視覺與語言是同樣一件事，他描述眼前所看到的人事景物就如同拍照或者速寫一樣準確，既視感強烈而且精準，他讚美空間、嘲弄地方，結結實實的不在場、無深度且非地方。除非像傅柯講仕女圖一樣，畫中的消失點洩漏了畫者衣角般精妙，否則即使觀者萬般複雜巧妙會附身起乩有隱形翅膀，但仍然獨立於對象之外。《老天使俱樂部》亦然，作者婉飾為他，角色化名為我，我扭扭捏捏，到最後都沒有出場，作者未死只是重傷，小說家與小說缺席，只要話語存在便能永生為老天使。如同柯拉瑞在《觀察者的技術》中所說的，

❶《印刻文學生活誌》二〇一三年八月號：瘋魔與文明所抵達最遠之夢──顏忠賢。

這是一種光學設備做為視網膜裝置的自我技術。映射在文字上,具有生產力而且制欲主義(asceticism)。羅斯金(John Ruskin)的建築文學就是一個代表,只講和諧與秩序,讀文字就如同看一張透視圖。顏忠賢的建築專業馴化他的文字技術,早期書寫就像照片的構圖、消逝點與邊界、裁切整齊、沒有延伸性,說完了就說完了,一刀兩斷。《不在場》與《時髦閱讀機器》中,語言企圖突破建築空間與文本、解構線性書寫,以文字不斷延異空間,空間去中心化變成空洞。總歸,在這段期間,他一邊臣服於偉大建築的幾何構圖,一邊又以明信片、日記、隨筆、書信書寫的私對抗現代主義建築代表的普遍精神,例如他不只一次「醜化」紐約古根漢美術館是一座「巨大蒼白的建築」。

　　韶光荏苒,羅智成《老天使俱樂部》序言、黃海鳴《軟建築》推薦,及駱以軍在《殘念》後記的對談都觸及顏忠賢的蛻變。顏忠賢在二〇〇六年《偷偷混亂》之前的作品,就如他所說的沒有辦法不理性、不正常,我書寫,但卻沒有辦法寫我。二〇〇三年成為 MoMA 駐村藝術家,《偷偷混亂》中夾頁日記可以當作《寶島大旅社》的起點,他回憶起他四姑、童年……等。我把這個痕跡當作他全面啟動回憶與夢境書寫的開始,配備建築鬼魂與夢境視覺硬解與文字加密的多核心圖形處理器的新書寫機器,是顏忠賢次世代主機的 beta 版。相較於曼諾維奇在二〇〇一年出版的《新媒介語言》(*The Language of New Media*)認為革命性的媒介語言是圖形化,顏忠賢用的是視覺化語言的反向工程,視覺與文字的位階關係在《偷偷混亂》之後被抹平。書寫做為媒介的感官裝置,文字是空間視覺的布爾喬亞招魂術,像咒語一樣,要召喚不可見的夢境與鬼魂。

文字的建築拆除大隊

　　佛洛伊德說夢是潛意識的運作,潛意識在意識監控鬆懈時,置換事情的遠近,透過象徵處理壓抑或創傷。書寫夢境通常要在醒過來的

時候馬上寫下來，否則就會快速忘記，即使記得自己的夢，也未必是夢的如實再現。在佛洛伊德的年代，夢只能夠過語言再現，所以夢的解析是夢的田野紀錄，精神分析的工作是在夢與現實之間找到語言的隱喻系統，可惜系統被精神病學支配，語言變成診斷者的語言。反精神病學不是反對做夢，而是反對只有一種說夢的方式。十九世紀過後視覺媒介使得人做夢的方式改變，進入二十世紀後變本加厲，過去可能是一團光暈中無臉男的神諭，現在是《聖☆哥傳》裡的佛陀跟耶穌，夢境逐漸從一組低感光底片或者一盒未剪輯的毛片，變成高清、快速剪接，還有配樂的預告片。《全面啟動》訴說夢的媒介革命，是夢的好萊塢化。

　　《全面啟動》架構在資訊理論上才能理解，李奧納多突破龐大神經系統的擋火牆進入伺服器竊取密碼修改程式，透過指令暗示催眠敵手的真實行動。潛意識打造建築、空間、結構的處理能力同時也具有扭曲、置換、摧毀的力量，利用山寨盜版夢取代正版夢的反向工程。在資訊工程裡反向工程可以閃避專利權與托拉斯，也可以執行同樣的指令、工序，輸入／輸出的結果跟正版的一樣，但是中間的 IC 設計就不見得一樣。夢境是感官裝置不是電路版，尤其人的感官是類比不是數位，人又不是「52 赫茲鯨魚」，超高頻跟超低頻都分辨不出來，木耳聽百萬音響跟兩百元喇叭都一樣爽，你奈他何？

　　《全面啟動》經常被拿來對比《寶島大旅社》，但是《寶島大旅社》不打造建築，而是摧毀建築的反向工程。顏忠賢反向從廢墟打造一個夢境的寶島大旅社，例如寶島大旅社分三部，其中一部「顏麗子是如何把寶島大旅社蓋起來的」共三十篇，吃大佛、肉浮屠、密室等等，夢境中的旅社未曾存在就已經被顏忠賢拆除，佛頭更是一個拆除教學示範，安置佛頭結果變成拆佛頭跟砸師傅。大旅社現址已拆除，但是細部的工法都在，人則流刑四散，如廣島長崎原爆的高溫高熱把人影烙印在牆上。或就像是拆除工程，拆了卻沒清，家具與日常生活在瓦礫堆裡供揀拾。顏忠賢的建築本體論是殘、形上學是廢，例如，

「一如殘局，剛落成就成為遺址，那種建築的玄奧。」、「空間無法縮小，時間無比拉長，真的走不出去，那是一種陰森的最深處……無所遁逃，一種永遠的迷路。」、「她希望她蓋的建築是充滿神通的，活生生到像是可以吃，建築是活的，建築像是一隻巨神獸地守護，而人們像是扛神轎的信徒……蓋寶島大旅社是我的一種更玄奧的發願，是一種更神祕的犧牲，那就是，佛經上說的最終極地令人費解的犧牲。」從布希亞的象徵交換（symbolic exchange）觀點來看，寶島大旅社沒有辦法住人，所以沒有使用價值，不是房地產無法變賣，所以不具備交換價值。寶島大旅社為何是象徵交換？因為它是一場沒有回應的單相思、一場枯水湧春泉的回憶之井。是做為禮物的傷痛、不能復舊卻等待重建的遺址現場。從符號學的符碼化與對價來看，顏忠賢的小說不是夢境與現實的折射，不是佛洛伊德所說的力比多經濟（libidinal economy），意識與潛意識之間也沒有隱喻的關係，他的文字是場原爆點、永恆回歸、輓歌、哀悼、屠殺、犧牲、窒息式性愛、寬恕，不懷舊也不是鄉愁也毋須接受人道主義補償、反人道控訴或者後殖民的審判。一如延遲或延異。在繁花盛開的字詞句段頁章冊的縫隙不斷長出枝節，令人發癢的水皰疤結傷疤結痂了，卻不斷化膿。

帕諾拉馬參照：自寶島大旅社開船從長壽街出水直抵三寶西洋鑑圖

　　帕諾拉馬（Panorama）是十八世紀末到十九世紀末在電影與電影院尚未全面成為一種大眾媒介與娛樂場所前，盛行於歐美的一種視覺藝術與空間藝術。這是種把立體地景畫成長達幾百呎，高達四五十呎的平面透視圖，然後將畫布固定在板架上立起吊掛或固定在軌道上，弧形或圓形劇場的空間配置，通常觀眾需要從底部陰暗的通道進入劇場空間中心的高臺，爬上樓梯從圓心觀賞四周，透過主燈、屋頂玻璃或者四周窗戶提供光源，所以通常有一個很大的圓頂。巴特曾講過漆黑的戲院發光的螢幕，就是一場可供進入觀賞的夢境，帕諾拉馬這種

建築法式混和了羅馬競技場（圓型）、劇院（文化），提供大眾以女人、小孩都可以負擔的入場費用（消費社會）。根據吉見俊哉的《都市劇場──東京鬧街的社會史》（都市のドラマトゥルギー──東京・盛り場の社会史）與網站「見世物興行」（新奇事物秀）中明治時期各報紙報導所述，明治時期引進帕諾拉馬館並風行一時，一九〇〇年淺草帕諾拉馬館（パノラマ館）演出美國南北戰爭，不到兩個月的展期，吸引大人 110796 人次，小孩 25018 人次，單日最高曾達 6264 次。各地帕諾拉馬劇場一般直徑三十五到四十公尺、中央高度二十公尺左右，大部分在公園或商店街周邊，畫布演出內容大多是戰爭、歷史、時事、海外奇異風景等非虛構的實景。明治時期，森山松之助想必也看過帕諾拉馬。剛被臺中市政府拆除的天外天劇場，外型幾乎跟當時歐洲的各大城市著名的帕拉諾馬劇場如出一轍，只是一九三〇年代中期修建時，圓型劇場已經沒有觀賞各種帕諾拉馬演出的功能。

　　江戶川亂步的著名小說《帕諾拉馬島綺譚》中有一個烏托邦，就是以帕諾拉馬技法在小島上創造出遠比實際空間來得更寬闊的世界，而且是好幾個，他寫道：「建築物外面有世界，建築物裡也有世界。換句話說，同一片土地上，有著原野和市街的雙重世界。將景象切割成兩個世界的方法是以畫了景色的高牆環繞觀眾席，前面裝飾真正的泥土和數目、人偶，盡量使人看不出實物與圖畫的境界，據說最初的發明者意圖以這種方法創造一個新世界。如同小說家在紙上、演員在舞臺上創造另一個世界，他亦使用其獨特的科學方法，嘗試在那小小的建築霧中，創作出一個壯闊的新世界。」我認為顏忠賢的寶島大旅社也是一個帕諾拉馬旅社。江戶川亂步在他的小說裡移植或刻意炫學的魔術、障眼法、媒介與現代技術，江戶川亂步根本是行走的探偵百科，帕諾拉馬只是亂步在許多小說中講到的其中一種見世物（show ／秀），他的小說改編自各種科學知識、奇聞與大眾文學，炫學而且交互指涉。在媒介技術史與江戶川亂步的小說世界之間找到一些關聯，

在此給我一個啟發：顏忠賢的寶島大旅社與帕諾拉馬的媒介史參照。

帕諾拉馬（panorama）的意思是全（pan-）視（horama），當然可以不區辨地翻譯成全景或者全視，往中心看，還是從中心看出去不一樣。從大眾媒介史的角度，帕諾拉馬是特定時期、特定形式、內容、觀看方式與文化的大眾藝術，意譯的「全景」可以找到許多帕諾拉馬的縮小與變形，常見的如後有草原背前有動物的縮小立體模型。或者博物館展區設計，立體展示前景的物與背景的環境，這種叫做重層帕諾拉馬（diorama）。會捲動的有兩種，一種是頭尾相連的循環帕諾拉馬（circle panorama），另一種像電影一樣，有故事、辯士、旁白、音樂而且要捲動布幕的映畫帕諾拉馬（moving panorama）。班雅明在《單向街》曾提過席捲歐洲的凱瑟式帕諾拉馬（kaiser panorama），中文世界裡的直接繼受是民初的拉洋片，而電影、電視則是其後繼的媒介技術。

對照性地從全景敞視（panopticon）來看，帕諾拉馬與全景敞視剛好相反，一個從圓心看出去，一個被圓心看。全（pan-）跟光學（opticon）組成的看指向另外一種全景：邊沁的圓形監獄。傅柯認為全景敞視是一種裝置，當你誤以為光源處總是有人在監視時，就能夠以最小的力氣管理最多的人，因此主體在哪裡根本不重要，重點是這是一套被看的技術與裝置，不是你看，而是你被看，最後你服從的是牆上那個時鐘，時間到了做該做的事，沒人管你，也毋須監視，時間到就睜開眼睛看，像庫柏力克的《發條橘子》。喬治·歐威爾的《一九八四》要對老大哥這個隱形又不可見的主權者無所不在感到焦慮？閃躲全景敞視還希望被看的暴露還會更興奮，一如《殘念》中與E在摩天輪上性愛。

兩相對照，panorama 跟 panopticon 不只脈絡不同，用法也不同。帕諾拉馬是全視，是看，但非被看到，而是看出去。看出去不僅看，而且使之可見。例如《會飲篇》迪奧提瑪跟蘇格拉底所說：正是表達

才使得可見（the visible）比視覺（visual）更真實（real）。那什麼是陳雪說的看不到全景的焦慮？什麼是楊凱麟說可縮小放大的宇宙？在當代，甚幸電影與小說還是此雙極失調的可能之域。從媒介考掘學的觀點看來，將歷史或戰場縮小到劇場空間，卻能在窄小劇場空間放大感官，透過多重藝術技法具體化的帕諾拉馬是歷史上曾經存在過的媒介生態，空間、表現、透視、敘事、觀看的叢集，進入其中的尋常觀眾，進入另外一個世界，並且在環境中如癡如醉成為一個媒介主體，可說是創舉。一個世紀過後，愈來愈厲害的數位多媒體技術取代帕諾拉馬，伺服器、連線、終端帶人進入另一個高清的技術生態。媒介考掘學的遺址，印刷文化殘存哲學、心理學、文學的話語帕諾拉馬（discursive panorama），可說是帕諾拉馬劇場時代的終點。那 Data Visualization、VR、AR 算不算？我頑冥不化，我堅持它們的技術不仰賴你看到，而是靠運算呀！

　　以帕諾拉馬劇場做為顏忠賢兩部小說的媒介技術物參照。在顏忠賢帕諾拉馬劇場演出的寶島大旅社劇碼，由顏麗子監造一座帕諾拉馬館，從長壽街進入暗黑夢境，圓形旋轉樓梯一階一階往上消失的閣樓前進，布景上是吃大佛、肉浮屠、密室、塌陷、分屍、失火、可以吃的房子、佛頭、犧牲、方舟跟大水一幕幕，彰化臺北臺灣日本東京京都地景從窗外曳光而入，伴影婆娑，最後再從臺灣閣一躍跳入地道落幕。接連上檔的史詩長篇巨作是馬三寶持鄭和航海圖自寶船廠開船從龍江關出水直抵外國諸番的三寶西洋鑑圖。他不是要建造旅社或者考古鄭和，是一場邀請你跟它一起唱遊的帕諾拉馬劇場。讓我借披頭四的〈比伯軍曹寂寞芳心俱樂部〉的歌詞作結：我真不願意停止這場秀，但我想你們或許想知道，這位歌手即將獻唱一首歌，他想要你們一起唱，讓我為你介紹，獨一無二的《寶島大旅社》與《三寶西洋鑑》。

顏忠賢作品繫年

感官的
躍進

LETTER 字母

他者的消逝

●蔡慶樺

閱讀者及寫作者，思考的資源來自日爾曼語言、思想、文化、歷史、文學。

驅逐他者

「曾有過他者的時代，已然消逝。」韓裔德國哲學家韓炳哲（Byung-Chul Han）的《驅逐他者：今日的社會、感知與溝通》（*Die Austreibung des Anderen. Gesellschaft, Wahrnehmung und Kommunikation heute*），開篇這樣斷言。他認為這個時代與上個時代最大的差異就是，我們不再能與他者邂逅，甚至不再能想像曾經存在著與我不同的他人，因為所有人的感覺、生活方式、審美、感官都與我相同。那真正異質性的東西被我們驅逐了，我們身處在這樣的社會裡：無限的媒體、手機、電腦、網路造成過度溝通（Überkommunikation; Hyperkommunikation）；我們與世界、與他人的關係沒有不可知的領域。

我們之間不再有差異，我們的世界是同一的宇宙，韓炳哲說這是「同一的恐怖」（Terror des Gleichen）：那做為祕密的他者，那做為誘惑的他者，那做為愛欲的他者，那做為渴望的他者，那做為地獄的他者，那做為痛苦的他者，已經消逝了。他者的否定性（Negativität）在今日同一者的肯定性（Positivität）中褪去。我們不使用也不理解他者的語言，我們不接受異質的聲音與影像（stimmen- und blicksresistent）。或者可以說，我們都生活在同樣的聲音與圖像裡，你我眼中的對方，都是濾鏡之後的、被刻意呈現的黃金比例。

肯定，同一，透明，是數位時代精神。在這個「按讚社會」（Die
gefällt-mir-Gesellschaft），我們的世界影像建立在我們所貼的照片、
我們看別人貼的照片；他引用班雅明的話語勾勒這個時代：能夠呈
現他者身影的靈光（Aura）已是舊時代的記憶，今日所有人走在同
樣的「軌跡」（Spur）；我們不停止刺激感官，卻看不見真正的世界；
我們不再能想像不可解的、奧祕的遠方，這個時代「消失了靈光」
（entauratisiert）。

無意識之觀看

在這個靈光消失的世界裡，我們如何使用感官？ Binge Watching，
這個詞是指瘋狂地追劇，韓炳哲將它德譯為 Komaglotzen，koma 是無
意識、昏迷，glotzen 是在無神狀態下的觀看。我們並不真正理解、也無
意理解世界的意義，而是渙散地、隨意地觀看著，「那是毫無時間限制
下，對於影像與電影的消費」，而無限的串流影音是根據我們的喜好篩
選出來——是大數據告訴我們要看什麼聽什麼——我們如同消費的
牲畜一樣，被餵養同樣品味的飼料。「你一直看，直到失去意識。」

這是一種曖昧的狀態，我們明明醒著，可是卻與世界的真實完全
異化，而進入了昏迷。來自韓國的哲學家清楚強大影視產業對觀看者
的影響，然而，我們又何止在觀看中才進入這樣的麻痹呢？這個世界
的爆炸資訊，無所不在的廣告刺激，二十四小時設定自動播放的串流
音樂，社群媒體上不斷更新的動態，我們一直讀、一直聽、一直處在
失去意識的狀態裡。

韓炳哲以色情片為例說明在觀看中失去意義的困境。原本這是最
能刺激感官的影像，可是在這個已經失去他者的世界裡，我們再難體
驗真正的色情。在色情片裡，所有的身體都一樣，都被化約到純粹性
欲之物（das Sexuelle），一切複雜的語言與思想都被剝奪了。我們眼
中的身體不再是奇蹟發生之處，不再是展演之處；今日色情片中的身

體不再敘述、不再引誘，而是「純粹的色情真實」；機械般的性交抽空了非真實的敘述空間。

此外，他也對臉書戒慎恐懼，這也是一種抽空意義與感官能力的媒介。他說：「一切數位溝通工具都同一化自身，數位媒體尤其會遮掩他者的『面對面』（Gegenüber），會真正的剝奪我們思考遠方的人類的能力，以及觸摸近處的人類的能力。遠和近，被數位媒體的無距離全面取代。」在數位媒體上，一切都等距離，我們失去了感知遠與近的觸覺。

這種媒體製造同一，消解差異。臉書的使用者生活在「按讚的文化」裡，我們見到的世界一致，我們能承受的痛苦也一致，其實我們也不再承受痛苦了（臉書也只有按讚的功能哪）。我們不再有傷口，不再有異質的經驗，不再打開他者能夠進入的領域。

自我與他者

韓炳哲斷言這個世界只剩下自我，而無他者，因而世界的意義構成被同一化了。這並非在數位時代才出現的警覺，這種書寫可以放在思想史傳統中定位。自我與他者之思考，以及兩者之間的關係變化，在歐陸哲學裡是不歇的思潮。例如海德格、德希達都觀察到了西方形上學傳統中的同一霸權，並致力於暴露這樣的同一思想中必然存在的、卻被忽視的差異。而列維納斯（Emmanuel Levinas）把他者放到最優先的地位，而非同一、自我、超驗等傳統形上學之核心，更是逆轉了自我與他者的關係。

談及自我的優先性，笛卡爾是不能被忽略的哲學家。

一六四一年，笛卡爾在《第一哲學沉思錄》裡對於外在於自己的世界，產生了無限的懷疑。他後悔自己沒有及早找到不可動搖的真實根基，迄今為止他所認為真實的一切，都來自感官（die Sinne），或者由感官中介而來，可是那些都不是不可懷疑的東西。一切感官之事

物，都不夠真實。說出了他的懷疑後，笛卡爾寫下了這一段哲學史上的名句。他說即使有那麼多東西都可能是假象，「我可能做夢，感官也可能欺騙我」，但是最後還是會有無可懷疑的東西，「例如，我現在在這裡，我，身著冬袍，坐在爐火旁，用我的手，碰觸著這張紙，以及其他的事情；我的雙手在此，我的身體在此，人們如何可能爭辯我不存在？」

　　也許一切感官都不可靠，一切都是虛假，可是「只要我思考我是什麼，那麼我不可能是虛無」，否則連懷疑這件事都不可能成立。於是笛卡爾找到了一個感官得以可靠的起點：「我」。「我存有，我存在」（ego sum, ego existo），只要我說出這句話、想著這句話，那麼「我」就站在一個無可爭論無可懷疑的立足點上。於是，「我存有，我存在」被推向了「我思想」（cogito）：「正是思想，思想與我不可分，我存有，我存在，這是確定的。這能維持多久？只要我思考。」於是主體，被他定義為「思考著的東西」（res cogitans）。

　　這爐火前拿著紙的「思考著的東西」，為世界找到了一個絕不可能再退一步的基礎。笛卡爾以其數學家的直覺尋找明證，最後在那個懷疑著的我身上，找到了重新感知世界的起點。只要我能懷疑、思想，那麼從「我」而推出來的世界，便取得一個可靠的起點。

　　也許整個當代，都建立在這個起點上。

　　可是，讀者難道不會不安，世界在笛卡爾的懷疑與明證中被建立起來了，且從自我一步一步被推導出來，但他者呢？只能是我的世界中、被我感知的對象？三百多年後，一位知名的法國讀者提出了他的不安。傅柯在《瘋癲與非理智：古典時代瘋狂史》（德文版書名意譯為《瘋癲與社會：理性時代瘋狂史》）中，討論了笛卡爾這個懷疑一切、然後找到最終的理性基準點的「我思」方法，他鎖定了那個坐在爐火前拿著紙的笛卡爾，指出當笛卡爾說著「我可能做夢我也可能被欺騙」但卻堅持思考著的主體的不可懷疑時，他已經排除了「瘋狂」；如果

我懷疑我在此存在這件事，那麼我將顯得瘋狂，「這些是瘋狂者」（das sind Wahnsinnige; amentes sunt isti）。

對這位書寫瘋狂史的哲學家來說，笛卡爾不只是理性的奠基者，還是排斥瘋狂者；理性不只因為自身而存在，還必須是排除了「瘋狂」、「非理性」、「不思想與不存有」的危險後，才得存在。笛卡爾的現代主體，不可能做夢，不可能被感官欺騙。

傅柯看到的近代西方文明史，於是在笛卡爾的書寫中，逐漸取消了瘋狂的位置，瘋狂的他者不再找得到在社會中的容身之處，而必須被放逐，或者被正常化——我們不能容忍無盡的懷疑，必須停止那樣的瘋狂。非理性必須被理解（這也是當代精神分析的起點），被納入理性大陸的地圖中；沒有不可理解的感官認知，德爾菲神諭的「認識你自己」於是在當代有了另一個版本：讓你自己被認識。你不可瘋狂，即使你瘋狂，也必須是可理解的瘋狂。

成就社會

傅柯觀察到的笛卡爾我思如何排斥並收編瘋狂，與韓炳哲看到的當代他者在同一中消逝現象，非常類似。笛卡爾認定懷疑自己存在的人，「這些是瘋狂者」；於是韓炳哲看到的當代人，非但不懷疑自己的存在，甚至還活在積極的、永不停歇的自我肯定中。

這種不斷自我肯定、追求自我的再進化、永不滿足的心態，把自我的優先推到了極致。他稱之為新自由主義邏輯下的成就主體（Leistungssubjekt）。回到色情片這個例子，這種架空遐想、讓身體發揮純粹性交功能（且力求最大性能力展現）的影像呈現，就是讓身體成為完成新自由主義律令的功能物品（Funktionsobjekt）。他定義下的新自由主義並不是經濟學意義上的極大放任，而是：追求最大的成就，這種追求來自內在，不來自外部。這是個成就社會（Leistungsgesellschaft），在色情感官中、在經濟生產中都是。我不被動接收他人的指示（也不存在

真正的他人），而是主動追求自我的肯定且從不滿足。

我們的自我實現不可能有停止的一天，因而現代人的宿命必然是憂鬱，自我構成了「崩裂的壓迫」（die destruktive Pression）。我們這些不再瘋狂的理性主體，最後卻演化成充滿憂鬱的成就主體，走向自我扼殺。這就是「暴力的辯證法」，當代社會是一個拒絕他者的否定性、卻也因而發展出自我摧毀力量的體系，這是「人類的全面剝削」（Totalausbeutung des Menschen）。

他在另一本《倦怠社會》（Müdigkeitsgesellschaft）中也勾勒這種社會典範的變遷：否定性消失，我們生存在尋求肯定性的社會裡。「紀律社會」（Disziplinargesellschaft）已經是上個世代的事，這個時代是「成就社會」。在紀律社會裡，勞動者受他人剝削，你知道誰是敵人，知道如何對抗，爭取自由的方式與目的明確。如果紀律社會的特性是壓制（Repression），成就社會的宿命就是憂鬱（Depression）。在成就社會裡，主體自願自我剝削，因為相信自己什麼都做得到、可以達成無限的成就，你是自由地加班、自由地爭取一切機會表現。你以為自己自由，但實際上只是自由地自我剝削，完全失去了喘息的可能。

韓炳哲描述的是今日左派必須直面的世界觀變化，在左派傳統裡，人與世界及他人的關係明確，要嘛和諧（例如馬克思描繪的自由人聯合體）要嘛對抗（例如階級差異及異化中我與他人及世界的抗爭），可是這個時代勞動者信奉無限的成就、自我實現等新自由主義世界觀，抵抗者失去了抵抗之意義，這也是韓炳哲所謂同一的恐怖之另一面向，我們成為千人一面的勞動者，卻相信自己是獨一無二的。

最後，在過度的肯定性（Übermaß an Positivität）下，因為不可能有達到自我設定成就的一天，我們不得不壓榨自己直到最後耗盡（Burnout）。這就是新自由主義的恐怖之處，你不再試著逃離或反抗，你樂於成為眾人之一，你成為一個自以為是主人的奴隸，且樂此不疲，以為那是自由。

距離自己最遠的人

　　打造這種新自由主義主體的作用體系，有其配套條件。新自由主義主體必須存活於一種抽空意義的世界，如同兩眼無神追劇直到昏迷不醒的觀看者，他必須不斷被餵養同一性的東西，直到最後不再對異質性產生渴望。此外，自我與他人之間在數位透明時代全面連結／連線，也從過度溝通走向全面溝通，我們在世界觀、感官、情緒上都同步化、同一化。

　　韓炳哲描述了一部考夫曼（Charlie Kaufman）編寫並執導的動畫電影《安諾瑪麗莎》（Anomalisa），這個片名正是 Anomalie 這個字（異常、秩序與體系之外的）與片中女主角名字麗莎（Lisa）的結合。男主角作家麥克・史東（Michael Stone）的感知世界裡，每個人的面貌、聲音都一樣，他無能辨認世界眾人的差異，包括自己的家人。直到有一天他出差時，聽見旅館隔壁房間傳來了麗莎的聲音，獨一無二，他驚嘆：「天哪！還存在著他人。」他焦急地去敲開麗莎的房門，因為這是他的世界中唯一的他者。麗莎是一個自卑的女人，外貌不出眾，也不聰慧，閱讀史東的書甚至要不斷翻閱字典，她覺得自己不正常。對史東來說她確實不正常，因為除了她以外的所有人都一樣，可是卻也如此使她成為唯一正常的人。

　　史東於是難掩對於麗莎的欲望，兩人上了床，在激情中史東喚她：Anomalisa。

　　這部動畫很能說明新自由主義的成就社會之悲哀。史東是個成功的暢銷作家，他的書正是在教導他人如何成功，可是這個「成就主體」，卻不再能夠正確使用感官、感知意義、把握世界，他無法維持與現實的正確關係。他生活在同一性的地獄中。

　　而那個能夠跳脫體系與秩序之外的麗莎，許諾了差異、感受與變化，她是以獨一無二姿態存在著的他人。她正是這個同一性地獄

的救贖。

　　可是，我們逃出這個地獄的唯一出路，是與動畫一樣，等待來救贖我們的他者嗎？片中的麗莎，最終仍然逃不開與眾人同聲同貌之命運，我們怎能期待他者的救贖？當代人的希望不在於某種彌賽亞主義，出路也許在於，不透過他者，而是改變自己的存在方式。

　　當然，韓炳哲所描述的那些現代性症狀，我們多少都自覺或不自覺地沉溺其中，例如投入新自由主義邏輯，不斷追求成就、毫無限制的全面競爭心態；例如在無盡的影音資源中喪失對真實的觸角。我們不可能一夕之間就讓自己告別這樣的狀態。那位老派的哲學家，不開設社群媒體帳號，反對即時的、普遍的、數位的、一切透明的媒介。他夢想著一個能夠面對他者、彼此傾聽的、而不是彼此按讚的世界；可是我們都是臉書的使用者，即使不是，也都生活在各種互動媒體中。我們應該做的不是戒斷（也許也做不到），而是，在這場失去自我的、可能打不贏的戰爭中，有意識地為自己保留一塊喘息與療癒之處。

　　德爾菲神諭要求我們：「認識你自己！」然而在這個我們力求成為眾人之一的成就社會裡，也許我們應該以另一種神諭來定位自己：「放過你自己！」你不需要讓自己成為世界的中心，不需要只能有一種世界，不需要總是力求結構的完美。你可以離開那樣的自己，以回到自己近旁。

　　對韓炳哲來說，當代人身處意義被抽光的世界，喪失掌握他人與自己關係的能力，無法看清遠方，也無法感知近處。他者所在的遠方，應該是一種真正的難以企及的距離，甚至必須瓦解我自身的世界，才可能逼近那樣的遠方；不接受這樣的距離，我們就不可能理解並愛我們的近旁，因為一切感知世界差異的可能都將消逝。套用傅柯的術語，如果你不瘋狂，你就無法瞭解理性。

　　尼采在《道德系譜學》中問：「到底我們是誰？」他感嘆：「我們

對自己來說必然如此陌異，我們不理解自己，我們必然看錯自己。對我們來說，這句話存於永恆中：『每一個人都是距離自己最遠的人』（Jeder ist sich selbst der Fernste）。對我們來說，我們並非『認知者』……。」也許那確實是當代人的出路，我們不再能回到原鄉，放下不斷驅使自己尋找世界的奠基點的欲望，承認自己的疲乏，不再尋找普遍有效的東西，不再尋找「我」。一條離自己最遠的路，卻也是唯一的救贖道路。

德文中有一個相異於思鄉（Heimweh）的字，表達對於遠行之渴望：Fernweh，遠方（fern）之痛楚（Weh）。遠方，距離自己最遠之處，那個仍然存在瘋狂者的所在，那個他者仍未消逝的時代，才是我們心所繫之處。在那個能清楚感受到痛楚的遠方，我們會驚嘆，「天哪！還存在著他人。」

擴張與
極端遲鈍：
媒介與感官

◉ 蕭旭智

一九七三年生，東海大學社會學博士。現任國立臺北教育大學
文創系助理教授。

擴張與超載

　　一九六四年麥克魯漢（Herbert Marshall McLuhan）的經典作品
《認識媒體》，聲稱媒介是人的延伸。延伸包含兩個向量，一者外部
擴張、一者內部爆炸。一般人體不是魯夫，沒有辦法輕易擴張，但是
大家都很同意新媒體的技術讓大家可以先讀駱以軍的臉書而不用去買
《臉之書》，看過本人照片不用看過本人、看直播不用到現場，這就是
延伸，延伸得很好很快很積極正面。內爆是什麼就很難瞭解，如果不
是科幻片或者恐怖片、身體裡也沒有植入炸彈或者奈米機器人在血管
裡大塞車，要怎麼內爆？內爆源自超載，麥克魯漢借用的是真空管或
者鎢絲燈泡因為電流過大燈絲不堪負荷，或者管內有縫隙使得空氣滲
入壓力變大破掉的脈絡。例如佛洛依德筆下的歇斯底里症婦女聽到生
殖器相關的字眼就馬上昏厥，現代人不會昏倒，但可能理智斷線、爆
氣、燃燒吧小宇宙之類。媒介不見得是外在於人的物，例如語言如何
歷經擴張與內爆？麥克魯漢認為拼音字母是一種很獨特的科技，由於
拼寫，造成口語文化的部落人與書寫的個人主義人之間，只需一個世
代的時間就發生突變臨界，例如快速消失的口語傳統。而活字印刷又
是拼寫史上的突變臨界，例如宗教改革與想像共同體的誕生。視覺強
化與延伸造成內爆與臨界反轉，拼音文字加上莎草紙就意味著軍事、
帝國與知識階級，加上印刷就成就了大革命與印刷資本主義。視覺政

體的感官裝置與隱喻系統支配著啟蒙（照亮）與理性（計數）的現代性過程，凌駕其他聽、嗅、味、觸感及通感等感官。

本文在媒介史與文化史的框架裡淺談感官，就不只是語意上的感官，而有 sense 與 sensorium 兩種意思，前者通常是分析性的，指個別感官或者五感的對象化及具體化。後者主要是講全面的感官，包含心理、生理、認知、環境等等的集合。而媒介包含 media 與 medium 兩種，前者可以翻譯成媒體，後者翻譯成媒體就不太恰當，理由也類似。簡言之，兩個世紀以來媒介技術的大躍進，編織起感官裝置擴張與超載的文化史，這也是一個理解當代的重要線索。

班雅明與新技術人

班雅明在〈機械複製時代的藝術作品〉第 IV 章開頭談到：如同通過漫長歷史時期，整個人類集體存有狀態改變了，因此他們的感官模式也改變了。人類感官組成的方式——感官浮現的媒介——受制於自然與歷史。班雅明認為過去在儀式與崇拜的藝術品是為了能夠控制自然，而電影所代表的新技術則是為了訓練人們應對正在蔓延到日常生活的大量機關與裝置（apparatus）所必須的通感（apperception）與反應。對付這些機關與裝置同時，教導他們技術將會釋放他們受制於機關裝置的能力，一旦人類的整個感官組成適應新的技術就會釋放出新的生產力。

與班雅明同時代的克拉考爾（Siegfried Kracauer）也是重要參考點，他的〈分心禮讚〉（Cult of Distraction: On Berlin's Picture Palaces）提到柏林的映畫宮是分心渙散的宮殿，有各種聲光效果與驚奇事物，每天都有數不盡的觀眾在這裡接受分心渙散的洗禮。光學與音響的效果讓電影成為效果的藝術。雖然這篇文章寫於一九二六年，但是所有愛好電影的觀眾在一個世紀以來歷經的分心渙散經驗，並沒有因為電影技術的躍進而有太大的不同，經常看完電影，我們搜索枯腸從剛剛

視覺暫留的光影之間尋找言語介入的縫隙，卻難以言喻。開始動用理論在沒有深度的螢幕平面尋找意義深度，發自肺腑地吐露自己最深層的感受，卻總是言而未盡。電影如果可以是一種思想表達方式，其特徵正是螢幕表面與內在解讀之間不斷短路的迴路裝置，使感官外部性替代了內部深沉思想。電影院內感官刺激一個接一個沒有停頓，如此快速以至於沉思毫無棲身之處，所有的東西都是變成純粹外部性的。電影螢幕代替了視網膜、音響代替了耳膜，電影取代了無意識成為白日夢境。一切人的延伸都變成意義的內爆。

到底在技術與媒介所構成的感官裝置面前，渙散如何直接或間接、反映或者折射抑或是視差地進入到閱聽人的內在世界？是很簡單的發送接收模式？還是拉岡式鏡像的象徵、形象與真實的關係？還是一種複本與化身的關係？而分心又如何吸收後變成一種能量？又要如何檢驗？化約地來看，似乎是效果的問題。不能光從「看」電影的「看」解釋電影的感官作用，班雅明認為電影如達達主義，達達主義的無上命令是透過道德衝擊效應的觸感來組裝觀眾：不要專注藝術，而是要激怒公眾（to outrage the public）。電影如同達達主義，結合視覺聽覺觸覺，是連續的物理衝擊效應，基於焦點及畫面持續改變，對觀眾產生生理震撼效果。而觀眾又不全然只是接收者，「分散的大眾將藝術品吸納到自身」，班雅明把分心當作一種大眾反應的組成與行為模式，不只是視覺的感知，更是一種習慣、觸覺。大眾的分心是一種量變到質變的感官模式，不過，無法清楚區分到底是在主客層次上分心渙散，還是一個客觀世界飛濺四散的影像奔馳。

媒介史中的感官

十九世紀到二十世紀初美國有大量的地方私人電報公司，有線電報需要電報站，當時沒有中繼放大的技術，所以需要許多電報站，值班無聊寂寞的男女電報員讓許多網路戀情、性別反串與惡作劇在「天

空」中發生，如同現在的電話詐騙，用上各種知覺欺瞞的技術。只要插電的都曾被認為有可能接上另外一個世界，從這角度看，日本電影《七夜怪談》不是杜撰，而是有歷史的。同樣的狀況也發生在留聲機、幻燈機、電話、收音機、電視上。史學家羅伯特‧達恩頓（Robert Darnton）在《催眠術與法國啟蒙運動的終結》中講十八世紀盛極一時的降靈會，電磁學與臨床實驗乃精神、幽靈、鬼魅的物質化。催眠是魔術師的手法之一，暗示都是為了欺騙你，然而跳出結界，退一萬步想想，炫惑感官不就是媒介的本質之一？從另一端來看，以色列作家艾默思‧奧茲的《愛與黑暗的故事》裡面提到他的父母親與分隔兩地的親人經常用信件約好特定時間打長途電話，當電話鈴聲在雜貨店響起時，短暫急促地互問好道別，然後掛斷電話回家繼續通信約好下次通電話時間，媒介學家彼得斯（John Durham Peters）說奧茲把這段開始即結束的對話寫進小說，讓我們深思，電話做為媒介是為了傳遞什麼信息嗎？不是，是為證明彼此還活著，在一九三〇到四〇年代猶太人之間通話，親耳聽聞聲音之重要性是存有論的。媒介是知覺欺瞞還是證明存在？

　　傳播學講溝通，一般從最根本的面對面溝通到匿名的大眾傳播。以發送與接收為核心的資訊理論或模控論講信息與噪音，從 LO-FI 到 HI-FI，降低信噪比，讓感官享受高傳真，感官資訊化，就是近代媒介科技進化史。倒轉諾基亞的廣告臺詞，科技始終消滅人性，一次開二十個 APP，手機太慢當機氣到你想摔手機不是過動與人格缺陷，換一臺旗艦機你就心平氣和萬事如意。自動駕駛、對弈到演算法創造記憶，媒介即將擺脫人的束縛，例如基特勒（Fredirch Kittler）為首的德國新媒介理論可以激進到非人。如果德勒茲的欲望機器（接收大量感官噪音卻又不被「河蟹」）是唯一創造逃逸的機會，讓感官＝媒介，一樣八核心、十四奈米技術處理器，可行嗎？如果在我有限的人生，我想要活在類比的感官世界中，我不想進化到像素、位元取樣、分子、

頻率與壓力的視聽味嗅觸，可以嗎？

　　讓我們在社會與文化史中思考可能性，從柏克（Peter Burke）與布里格斯（Asa Briggs）的《大眾傳播史》（*A Social History of the Media: From Gutenberg to the Internet*，是傳播學院的知名教科書，因為社會系教媒介又社會史的畢竟是少數）打破過去從科學技術革命或者進步階段論著重發明、創造、革命等單一線性看法，他們強調同一個媒介技術所依存的社會變遷各異，展現出來的媒介生活樣貌也不一。兩位重要的社會史家與傳播學者不同之處在於，他們更強調媒介與社會之間的動態鑲嵌與具體差異造成的新社會關係，樂觀者認為，新關係叢集就是媒介的文化與社會樣貌。反之，感官座落在媒介形構的社會關係之中，當媒介置換五感並浸潤五感裝置，做為延伸的媒介，人人各自成為網路集體智能的節點與神經元，「婉君」只是一種無臉人與臉部辨識障礙的雙重婉飾。悲觀者如梅洛維茨（Joshua Meyrowitz）之《消失的地域》（*No Sense of Place*）講的就是電子媒體對互動的影響。面對面溝通無非就是用上五感的印象整飭，但經過電子媒介技術穿針引線後，卻消除人們溝通背景脈絡與社會角色扮演的特性。從社會互動的傳統來看，電子媒介無疑是消滅溝通感官的頭號戰犯。

感官文化史中的媒介

　　從跨文化史與民族誌的角度來看感官，才能夠跨越當代西方中心主義的局限。人類經驗中感官多樣性不是本質或者口號，是枯榮盛衰、興廢浮沉、交替變化的系譜。本節雖然不提華文學界與文化人類學的研究，但臺灣這十幾年來的感官文化研究絕對十分豐富。「可見與不可見」此一主題受到傅柯觀點的影響，知識、論述與權力形構啟蒙時期特定的理性與看法，例如解剖學、透視法、全景敞視的視覺知識型。一旦看法成為典範，就能夠進行常態科學的再生產。例如大部分的藝術史與視覺研究都是在教導讀者如何正確地視見，例如伯

格（John Berger）的《觀看的方式》。沒說破的是觀察者如何成為觀察者，視覺如何反過來規訓個體與治理自我？例如柯拉瑞（Jonathan Crary）之《觀察者的技術》就是一部談視覺自我技術的傑作。桑內特（Richard Sennett）於《再會吧！公共人》指出服飾姿勢與階級身分地位的視覺政體在法國大革命後逐漸崩壞，進入消費社會的浪漫主義與無政府狀態，但莫忘外觀上可見的炫耀性消費也是流行時尚的利基市場喔！或許聽、味、嗅、觸五感不是巨觀的社會結構，而是生成於微觀與個體性之間，感官具備社會形式和人際互動的性質，不容易被控制，其實不然。科爾本（Alain Corbin）的《大地的鐘聲》也是訴說大革命之後，國家企圖消弭地方與宗教生活的韻律，禁止教堂的鐘聲，但是間或因為控制鬆弛或者鄉民不爽，部分鄉村又重新恢復鐘聲，開始幾十年的聲音鬥爭，雖然最後地方鐘聲還是輸給國家，但是這種聲音的消逝特別迷人。薛佛（R. Murray Schafer）的《音景》（*The Soundscape*）則啟發許多音景計畫，記錄各個地方的空間與聲響。味覺與品味同字同源，但品味跟舌頭何事？這樣問就太藐視從曹雪芹、高陽、唐魯孫、逯耀東、林文月、焦桐、舒國治、池波正太郎等等，包含所有米其林主廚電視名廚蘭西、大衛、奧立佛加上美食部落客都要倒打你一耙，當然也包括我的老師高承恕，他是我有生以來看過最懂吃的人，他曾經在東海大學的講堂光講舉箸，就滿座癡迷了。味覺一如品味，布迪厄的《區辨》或伊里亞斯（Norbert Elias）的《文明的進程》把品味的區辨勾連上社會的文化分類以及禮儀階層化的歷史過程。文化教養所形構的習氣與羞恥感結構著認知圖式與感官經驗。嗅覺例如徐四金在法國大革命、階級身分、個體性、氣味之間構作他的小說《香水》，葛奴乙調製各種氣味，並追求一種讓人恐懼且崇高的氣味，最後群眾撕裂他，而他成就了大革命與個體性。維加埃羅（Georges Vigarello）在《潔淨的概念》（*Concepts of Cleanliness*）中，洗浴與氣味意指教養與道德，同時也是一個公共衛生的問題。最後，

觸覺一般被當作最難系統化的知覺，最末節也難以言明的重要性，但對後現代文化來說卻最重要，費瑟斯通（Mike Featherstone）在《消費文化與後現代主義》裡常引用後現代如缺乏深度的皮膚表面，從感官文化考察文化振動。要看梅洛龐蒂在知覺現象學中如何倒轉視覺優位性，就要從觸覺來看他的最後作品《眼與心》，塞尚作品的觸動、振動人心，靠的不是視覺，而是觸覺認識論。

戰爭技術與感官擴張

電子媒介置換面對面溝通知覺，但將五感挪開大小螢幕，十八世紀末以來的都市生活與大眾社會，知覺感官現代性與文化史多樣性肯定還是生機勃勃。

生死存亡的界線從視線擴張到視距外，也是一種擴張。毀滅與死亡深淵擴張感官，十九世紀的科技發展，在克里米亞與美國內戰派上戰場，例如熱氣球、攝影、電報與機關槍。熱氣球、攝影、電報並非戰爭武器，如何變成武器？按照維希留（Paul Virilio）在《戰爭與電影》裡的看法，戰爭國家曾是驅動感官技術的一大動因，空拍攝影造就了「電影並非我看，而是我飛」（Cinema Isn't I See, It's I Fly.），空拍偵查，起初是讓鴿子胸背照相機，一路飛過敵營上空，鴿會迷航、底片會耗盡，飛鴿傳書多少還是靠運氣。一如《遷徙的鳥》、《看見臺灣》曾經震撼我們的雙眼，因為我們的雙眼自此看見了肉眼看不見的地球與臺灣。偵察機、空拍照相機與同步擊發快門如機槍般高速連續攝影機，置換信鴿、照相機與實況轉播，更好控制航道、空照資訊與戰績，此後戰爭視角就從異容偽裝的探馬報一飛沖天躍進地球軌道成間諜衛星。視距外作戰的技術例如雷達、彈道學、聲納擴張視覺並定位對象。基特勒在《留聲機 電影 打字機》末段有個看法，他認為當代的大眾娛樂工業是二戰戰爭技術的遺產發揚光大，例如追焦與高速攝影機、搖滾樂聖堂艾比路錄音室。電影與電吉他模擬戰場畫面與機關槍音效也

只是向戰爭致敬而已。

加速與極端遲鈍

從戰爭技術本身來看，視覺機器與戰爭機器的結合使得距離消失，眼界大開等於視覺被媒介取代，是另外一種意義的盲目。維希留的思想一貫的重點是加速度，地平線因為加速度的資訊，需要緩慢長時間的文化與感受就消失在地平線，成為負地平線。而人的感知也因為加速而產生變化。伍迪艾倫嘲諷過加速，「我參加過速讀班，我可以二十分鐘內讀完《戰爭與和平》。心得是它在講俄羅斯。」反之，卡爾維諾在最後一本作品《在美洲虎太陽下》說他自己慣於文字世界，跳出文字世界就有無限可能，更能探索未知的自我，所以他在未知與漆黑中尋找失落的氣味、細細地品嘗食物共感阿茲特克的活人獻祭。很可惜五感神經中，唯獨數位格式的視聽資料在儲存、傳遞、處理的過程可以加速而不失真。但加速肉體感官是什麼滋味？有試過將味覺、嗅覺、觸覺加速？那是什麼感覺？維希留在《極端遲鈍》（*Polar Inertia*）中說當所有載具都陸續加速，移動就像是在一個膠囊裡面，只有內部沒有外部，身體跟世界的關係改變了，只剩下一個孤獨在跑步機上面看著螢幕、帶著耳機假裝自己在戶外跑步的肉體。指一滑能知天下事，透過媒介直觀將世界內化的現象學主體終於被證成。視覺之外均可廢棄的五感，毋須與現實協商的自閉。加速的媒介、難道最後造就了極端遲鈍的感官？

說到 VR 虛擬實境，許多人第一個聯想到的是克里斯多福‧諾蘭的電影《全面啟動》中的一群「造夢者」們所建造出的夢中幻境。垂直而上的街道和樓房、慢動作停格的爆炸、打開門，每一層樓都是不同世界的電梯，虛擬實境似乎意味著打破（或扭曲）一切現存的物理定律，或者說，做夢就是將我們熟悉的空間打碎、重組，接著片段片段地，以馬賽克的方式重新拼貼出「故事」。

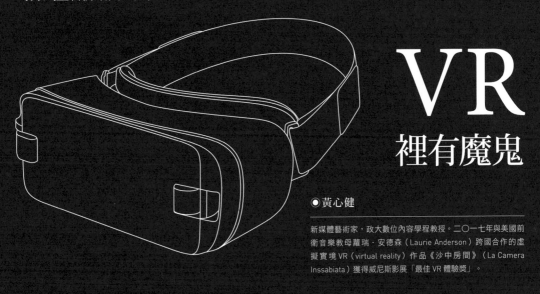

VR
裡有魔鬼

●黃心健

新媒體藝術家，政大數位內容學程教授。二〇一七年與美國前衛音樂教母蘿瑞‧安德森（Laurie Anderson）跨國合作的虛擬實境 VR（virtual reality）作品《沙中房間》（La Camera Inssabiata）獲得威尼斯影展「最佳 VR 體驗獎」。

在電影中有個我特別留意的角色，一位李奧納多‧狄卡皮歐扮演的盜夢者招募而來的協助建構夢境的天才建築師。頗為值得玩味的是，她在劇中的名字叫作「阿里阿德涅」。而阿里阿德涅是何許人也呢？根據希臘神話，她是克里特島的公主。在英雄鐵修士前來島上欲除去迷宮中牛頭人身的怪獸米諾陶洛斯時，她為英雄提供了用線團記錄來時路的妙計。鐵修士因此全身而退，但兩人因著預示著悲劇的預言未能結合，阿里阿德涅因此被遺落在一座孤島之上，而就在島上適逢駕車經過的酒神戴奧尼索斯。一見鍾情的酒神向阿里阿德涅獻上了花環，於是兩人喜結連理。在尼采的長詩《阿里阿德涅與戴奧尼索斯》中，他在結尾如此描述了兩人的愛情誓言，酒神對著阿里阿德涅說：「妳就是我的迷宮。」（如果各位對劇情還有些印象的話，狄卡皮歐提出的測試正是要阿里阿德涅在時限內畫出一座座愈來愈複雜的迷宮）。

對 VR 創作者而言，阿里阿德涅的故事為什麼別具深意呢？除了具有身為外部世界（克里特）迷宮的解構者與內在世界（愛情）迷宮的建構者這內外幻境交織的複雜與矛盾的隱喻性，做為酒神的愛人，她也正意味著一種新的藝術形式的創造方式。

　　在《悲劇的誕生》一書中，尼采將希臘藝術分為「日神」藝術和「酒神」藝術，分別對應著「做夢」和「迷醉」狀態。日神藝術往往表現在比例完美的造型藝術，由理智和節制生發，展現了邏輯之美；酒神藝術則傾向呈現出情感的波動，展現非理性的、無拘無束的生命狀態，藉以接近人的本質。我們或許可以這麼形容：VR 既是日神，也是酒神藝術。許多人第一次接觸 VR 的感想都是：「我好像掉入了夢境。」而若 VR 世界中加入了戲劇性與故事渲染，不正是「醉著（但仍然清醒）做夢」嗎？

　　這正是我在阿里阿德涅身上看到的兩種似乎既矛盾，卻又無比融洽結合的特質。她的理智和痴迷，共同創造了一座內外皆備的完美迷宮（我們永遠沒有出口可逃。根據「故事」的順序，外部迷宮的出口，正是內部迷宮的入口），而這正也是 VR 創作者們汲汲以求的境界。

　　在我的作品《沙中的房間》中，我也試圖創造了這麼樣的空間。但在進入作品前，我想先談談一次給了我靈感的巧遇。我在紐約和蘿瑞・安德森共事時，有天她找了我和一位朋友餐敘。她神祕兮兮地不肯透露對方是誰，到了餐廳我才發現原來對方是大名鼎鼎的作家薩爾曼・魯西迪。由於他的小說《魔鬼詩篇》在伊斯蘭世界掀起軒然大波，以致有人身危險，因此出外都得格外小心神祕。餐後我和蘿瑞聊起這本書，她告訴我小說魔幻的開頭：「在一架失事墜落解體的飛機上，一位神劇演員發現他的身體開始了奇妙的變化。他的頭逐漸長出了牛角、尖腮，好像正一步步地接近記載中撒旦的形象……」我思考著一聲暴炸後，從三萬英呎的高空墜下究竟需要多少時間？而和現實的時間相較，我們體會的時間又該是如何漫長（以小說的例子而言，這段時間足以回顧一生）？這兩者之間的「時差」勾引起了我的興趣，我好像找到了一個「物理引擎」，可以透過扭曲和再現，以調和兩者的時間感。因此，我想像出了一個將文字打散，創造出一個字母有如在水中旋聚旋散的花粉般四逸的空間，而體驗者可以自由地在期間探索，以自己的感官或而上升，或而下潛，探索可能發生的「故事」。

　　《沙中的房間》由八個不同的房間和中央由幾片高聳如方尖碑的黑板夾峙的巨大空間組成。八個房間各有主題，沒有硬性要求探索路線，而透過每個人不同的路線選擇，也會

串連出不同的故事；換言之，除了空間之外，VR 也將說故事、甚至參與改變故事的權利（時間）交給了你。舉例而言，甫踏入空間狹仄的〈犬之間〉中，最醒目的便是前方的一幅蘿瑞的愛犬肖像。但當我們越來越接近肖像，耳邊的梵唱聲也越來越強烈，直到我們穿越了狗的身形，發現牠的形體竟也是由一連串繚繞、聚散無常的文字構成的「中陰身」。再更向前走，我們會陡然墜入一片黑暗，一回神，發現自己又回到了中央場地。有人曾打趣地形容進入 VR 世界就是「觀落陰」，以〈犬之間〉而言，我想這個形容十分貼切。又或者在〈創作之間〉中，體驗者以感應器在牆上寫上一行行的字句，不多時，牆上的字句逐漸脫落，接著安靜混入了無所不在的文字柔流中。即使我們再怎麼努力追尋著自己方才創作的文字，不用多久也會丟失了它們的蹤影。這不正是波赫士在〈沙之書〉中的描述嗎？他相信，沒有任何的創作是永恆的，我們努力留下的痕跡都如同在沙上書寫。但這一切不是徒勞，因為這些隨風而逝的文字重又加入了此前的文字，從不可考的古早到不可知的未來，我們都在書寫著同一本巨大的書。穿梭在這些房間中，體驗者尋找著個人的意義，想像著自己的過往與未來。而做為 VR 創作者，我們做的不比阿里阿德涅更多：我們創造了一個夢境，但得由你自己冒險。

最後，VR 做為一種新興藝術，我想還有很多值得大家思考與探討之處。既然名為「虛擬實境」，VR 當然要呈現得愈「真實」愈好。但如此一來，真實和虛構的交界不可避免產生的道德間隙我們該如何衡量呢？舉例而言，在二戰的納粹德國的戰俘營中，一群醫生以研究之名對猶太俘虜做了殘酷的人體實驗。他們蒙蔽了受試者的感官，接著告訴受試者他的腕動脈被切斷了。而實際上實驗人員只是以鈍刀摩擦手腕，接著滴上溫水模擬出血，但令人意外的是，許多受試者相信了自己的際遇，並由著這般的「虛擬實境」失去了性命。雖然這似乎是個聳人聽聞的例子，但在 VR 領域的應用中，由於對感官的「全面接收」（說是「全面啟動」也可以），我們不得不考慮可能的極端情況。對此議題，我暫時的心得或可以用村上春樹在《海邊的卡夫卡》中引用葉慈的一句詩來簡單做結。書中的主角這麼評價大屠殺的執行者與無動於衷的官僚們：「由於想像力的缺乏」，而想像力之所以缺乏是因為他們沒有意識到：In dreams begin responsibilities.「在夢中，責任由斯而起。」做為現代的阿里阿德涅，我們不能忘記的是，造了夢的同時，我們也擔負起了責任，或許，這正是我輩心中的迷宮。

注視繁星的孩童之眼——心智感官的建立方法

●李奕樵

小說創作者，撰寫軟體維生。曾以〈兩棲作戰太空鼠〉獲林榮三文學獎小說獎二獎。〈另一個男人的夢境重建工程〉選入九歌年度小說選。著有短篇小說集《遊戲自黑暗》。《秘密讀者》編輯委員。想像朋友成員。

　　我們認知世界的方式，大抵可以想像成以下的流程：肉身感官接收到大量連續的外部資訊，然後在神經系統的運作下，篩選掉大量的輸入資訊後，某些關鍵的資訊被保留下來，被篩選出來的訊息進入意識的環節，而這些訊息觸發意義之後，才被保留在我們的短期記憶之中。

　　這隱含了一個重要的暗示：我們的感官並不是只由物理上的元件構成的。光有眼睛，並不能看到一切。有耳朵，也不能聽懂一切。真正的魔法發生在訊息進入意識後，觸發意義的環節。底層的硬體資訊，在連接到價值觀之前，都不具意義。

　　有趣的地方來啦。這代表我們的感官是有某種程度的可塑性、甚至擴展性的，至少在心智的層面上如此。

　　對魔術師或即時戰略遊戲的選手來說，讓對象對眼前發生的某些事視而不見，是非常尋常的每日作業。僅僅透過特定節奏的注意力引導，就能大剌剌地將牌從對象的眼前收起，或者讓伏擊部隊長驅直入。就像是美國魔術師羅賓斯（Apollo Robbins）在 TED 的著名表演〈The art of misdirection〉。這還算是比較粗暴的手段，直接阻斷訊息發生意義的可能性。對創作者來說，更有趣的可能是，建設性地給予受眾新的感官。也就是說，針對觸發意義的各種詮釋能力，有意識地訓練或者植入。

　　這大抵也是藝術能發揮其工具性的重要戰場。透過閱讀文本（或其他類型的敘事藝術），擁有了一種新的概念，或者詮釋能力。同輩

的散文創作者盛浩偉，曾對我提及，年長臺灣人對於閱讀文學小說這個行為，有一種接近「練功」的印象。現在想想，也許就是針對這個工具性的共同想像。

競技賽事發展到極高強度的對抗或競爭的狀態時，其娛樂效果與賽場中的激烈程度，往往不成正比。未受過訓練的人應該無法分辨圍棋甲級聯賽的棋譜跟市面上販賣的神經網路 AI 軟體自我對弈的棋譜有何分別。一日球迷也無法感受陳金鋒的揮棒是否驚人地猛烈，或梅西的腳法有多神奇。往往要到我們親自下場棋、在打擊場練習場被機器投出的球慘虐之後，透過大量的實踐累積對自我定位的估量，才能有機會真正被他者實力給觸動。

這些鑑賞的技能本身可能沒有太多意義，但我們可以說，人類對於「建立對某種抽象觀念的心智感官」其實非常熟練，甚至懷抱著良好健康的印象。村上春樹在這樣的環境下，才有辦法透過反覆描述他對各種藝術作品的主觀印象，來強化他小說世界的潔淨質感。

如果把上述的心智感官建立過程，表示成簡單的操作條件的話，大概會像這樣：

1. 存在一個可以感受到的值域（例如所有揮棒影像的所有可能性）
2. 值域中存在一個標準（例如自己當下的揮棒水平）
3. 向外連結的意義（例如，更優秀的揮棒需要更加優秀的動態勢力、肌力或協調性）

這樣的操作條件在敘事藝術中實踐起來會是什麼樣子，《七龍珠》漫畫中期有個乾淨漂亮的範例，也就是著名的漫畫史上首次「戰鬥力數據化」。鳥山明從賽亞人拉帝茲來到地球開始，就使用可以直接評斷戰鬥力的儀器。在地球兩場與賽亞人戰鬥裡，強化戰鬥力數據的說服力。以建立心智感官的操作條件來說，戰鬥力的數據本身就是

值域，用來做出相對感覺的標準就是提供代入感的主要角色們，向外連結的意義，就是漫畫畫面表現的強弱懸殊氣氛。

當然像戰鬥力這種刻意簡化的模型在現實生活中很難找到對應的存在（以連載的時間點來看，最可能的源頭應是當時風靡全球的日式RPG，如初代的《勇者鬥惡龍》），所以它的存在意義，就只是為了《七龍珠》裡的戲劇張力服務。漫畫家不斷利用各種分鏡效果、武打明星的姿勢、畫面元素經營強悍感。當素材用盡，效果漸趨疲乏的時候，鳥山明就讓章節最終魔王佛力札在星球另一端輕描淡寫地說出名臺詞：「我的戰鬥力是 530000。」僅僅用一個分鏡，一個臺詞，就能在讀者心中喚起強大的絕望感，輕鬆越過僅依靠畫面表現無法企及的高峰。

我們可以理解為，鳥山明為了這一瞬間的戲劇性，耗費一整個章節為讀者安裝了一個實際上並不存在的戰鬥力感官。當然，任何形式的高潮都伴隨疲乏，即便是虛擬的感官也不例外，鳥山明大概也很不希望自己把這招用爛，所以在佛力札之後，戰鬥力數據化的概念就從《七龍珠》的舞臺中消失了，轉而讓超級賽亞人第二代、第三代、第四代地變身下去。

虛擬感官的值域不一定是數字，其意義也不見得只能為作品中的戲劇性服務。

當我們操作第一人稱的介面，而有了代入感的時候，虛構的遊戲也能操縱我們在日常中習慣的體感。這就是虛擬感官的第二種類型，讓明顯是虛構的，接管了理應實際存在的。像是心理學著名的橡膠手實驗，在受試者的手的內側桌面安放一隻塑膠假手，在真手與假手間安放直立的隔板，讓兩位實驗人員同時對真手與假手進行一系列的觸覺操作，讓受試者透過視覺與觸覺的認知回饋機制，不自覺地將那隻假手（即便它看起來真的很假）視為自己真正的肢體。最後拿叉子插向假手的時候，受試者也會驚慌地抽手。

華萊登（Davey Wreden）的後設步行模擬遊戲《新手指南》（*The Beginner's Guide*），便是此類型優秀的演出。在這部章節式的後設作品裡面，作者讓玩家在序言與第一章節習慣以主流的 WASD 鍵操控角色移動之後，在第二章節〈Backwards〉中，剔除玩家除了後退以外的按鍵功能。在互動時透過視覺回饋（還有事件）建立玩家在遊戲時空的體感，這是第一人稱步行模擬遊戲的重要基礎。但華萊登在〈Backwards〉這個章節裡更進一步，讓體感本身成為詩意的核心元件。為了更好地說明，容我描述此遊戲章節全部內容：

剛進入遊戲時，玩家會發現自己不能前進或左右移動，肯定很不爽。這時華萊登的導覽語音會告訴你：是的，在這款遊戲裡你只能後退。玩家僅能透過滑鼠來轉向，觀察地形後，再轉身倒退過去。

遊戲的場景非常單純，是紅磚牆面的地下走道，看上去只有一個出口。為了前進，玩家只能用滑鼠轉向後方，這時就會見到一段白色的發亮文本：「The past was behind her」。

接下來玩家會摸索著試圖一路倒退到走道的盡頭，但會在抵達之前就被卡住。玩家為了後退，也為了看清楚發生了什麼事，只能再次轉身。本來該是走道的地方，出現了一面新的牆，上頭寫著：「But the future could not be seen」。

在後退的時候，會發現本來空無一物的牆面，也增加了新的文本：「Why does the future keep changing?」拆成一左一右，安置在走道的兩側，玩家閱讀的同時，視線就被朝右引導，發現一條新的走道出現在右方。

在右方的房間內，有一座純白的華美樓梯。在進樓梯之前的兩側磚牆上，寫著：「When she stops and looks, it becomes clearer」因為排版方式的暗示，也可以讀成「When she stops, it becomes and looks clearer」。在閱讀文本的同時，玩家也必然會注意到，樓梯的盡頭有一扇門，而且樓梯的模組與光影細節繁複。

倒退上樓梯時，會在純白的油漆牆面（而且是沒被舞臺燈照到的陰影處）的左側先讀到「But if the future was always behind her」。讀完，後退幾步之後，右側牆面接有「How will she find the strength」等未完成的句子，在語言的張力上繼續催促玩家退上樓梯。

但玩家退走到樓梯的終點時，門已經消失，本來該是門的位置只留下「to confront it?」來完成樓梯上的句子。在玩家轉身讀到這個句子，約三秒之後，遊戲結束。

整個遊戲過程不到兩分鐘，非常精巧。

做為文學老讀者的我們可以輕飄飄地說：這不過就是隱喻嘛，把後退這件事情系統性地映照到人生如何面對不可捉摸的未來？但如果讀者諸君實際試玩過的話，會發現〈Backwards〉所提供的經驗，與當代新詩文本所提供的閱讀經驗有明顯差異。最核心的差異，就是「痛苦」、「徬徨」等等可稱俗爛的心理用詞，被華萊登透過限制玩家的移動方式，直接在玩家的心理甚至體感上發生了。

以心智感官的操作條件來看，輸入的值域是玩家的移動可能性，建立主觀感受的標準則是前兩個關卡的操作方式（也就是正常運作的 WSAD 操作），而意義，這個移動能力被剝除的苦悶感，華萊登還繼續向外聯繫。

華萊登安排一個設計細節，來強化意義的連結。就是，讓一切的變動元素都在視線看不到的地方發生。走道開啟或封閉，文字的出現，這一切都發生在玩家倒退的時候。這個設計的細節本身就是對未來變動感的再現。透過再三出現，讓玩家意識到這是遊戲空間內的獨特規則。這是敘事藝術的老招式，但是在互動式藝術的世界內「賦予規則」這件事的威力會變得更加強大。因為透過互動來內化的規則，比僅僅是 show 或 tell 規則更直接。而在規則出現的同時，還利用具有詩意的文本引導玩家的詮釋方向，讓本來不可見的抽象規則也更容易被玩家注意到。〈Backwards〉的空間本身遂成為「未來」的隱喻。

　　透過體感共享面對未來的痛苦、軟弱與不安。就像所有憂鬱氣質的小說家那樣，華萊登沒有直接對受眾說「我理解你」，但他直接將體感上的限制，與對未來的隱喻，安置到受眾的感受之中。對被喚起共感的受眾來說，這樣的效果，最親密的摯友也不能夠以對話形式達成。

　　我們也可以這樣理解《新手指南》的〈Backwards〉：在已安裝的虛擬體感的基礎上，我們又被安裝了一個更高階的虛擬感官，用來在那個獨特的空間中學習未來的部分本質。

　　而小說的虛擬感官又是怎麼一回事呢？在科幻小說中，可以見到像是高志峰的〈上帝競賽〉這樣，在短篇小說的篇幅裡快速勾畫完一個宇宙的生命演進史，提供一個極具大尺度的視野，來消解個體道德意義的演出。又或者，像是駱以軍、童偉格等當代臺灣小說家擅長的，在時間凝止的瞬間，又或者在時間之外，進行敘事。透過一個真實世界中不可能觀看到的因果鍊景觀，甚至無視時間的因果鍊景觀。來構築其他形式或者視野無法在受眾心中形成的價值觀。

　　如果我們拿心智感官建立過程的操作條件，來比對價值觀的話，會發現兩者的共通性，也就是值域與標準，也都是價值判斷的前提。做為小說單位的因果鍊，本身就是一個建立價值觀的強大工具，要讓哪種人格幸福或者不幸，要讓某種概念或職業顯得高雅或者粗鄙，完全可以自由調度。

　　在心智感官建立條件中，產生意義的環節非常關鍵、也具備可擴展性。也就是說，價值觀也有機會成為虛擬感官的建立基石。所以在虛構的宇宙中，價值觀與心智感官，是有互相催生交疊的可能性的。當然這不見得滿足能永無止盡地衍生下去的條件，但或許可以用來解釋某些藝術領域的發展現象，像是藝術精緻化之後為何總是給外行的觀看者不知從何下手的印象。又或者，我們可以因為心智感官與價值觀的建立流程十分相似，可以有意識地在創作時賦格式地用同一段文

本同時建立心智感官與價值觀，而這兩者又有機會互相支持。同一時間發展多種效果，是構築優秀敘事作品的常見手段。

現實世界中，心智感官的構築有一些限制，就是不存在的輸入資訊是無法憑空生成的，對喪失視覺的人，我們不能透過視覺來建立第一人稱步行模擬遊戲的衍生體感。它的原理是構築新的資訊詮釋方法，讓原本龐雜無味的輸入資訊顯現意義。

而做為幻術，小說的虛擬感官，有其取巧的可能，可以一邊提供虛擬感官的輸入資訊描述，一邊直接提供感受或感官經驗的描述。金庸對「真氣」或「內力」的描述常常會有勾起體感的效果。羅蘋・荷布在《刺客正傳》（*The Farseer Trilogy*）中對「精技（Skill）」的描述，直接混雜各種心智狀態，來表現劇中人物操弄彼此心智的能力。

更簡略地說，虛構作品中某些虛擬感官的創建過程，是跟現實反過來的。現實世界透過在心智中構築工具來在資訊海洋中發現新的意義。但虛構作品中可以透過直接提供意義，來協助讀者想像不存在的感官。當然，在虛構作品中也有機會構築能在現實世界使用的心智感官，像是黃崇凱《文藝春秋》就有協助讀者「觀看當代人心智風景」的野心。因為知識分子對實用價值的偏好，我們也許可以說「在虛構作品中構築現實世界可用的心智感官」就是純文學小說的終極目標之一。

發展心理學中，皮亞傑的感覺動作期就有描述出生一到四個月內的嬰兒，在反覆吸吮拇指的過程中意識到拇指是自己肢體的一部分。動員感官，本質上是個連續性的雙向探索。外在的肉體會爭取更多的情報，內在的心智會試圖建立合理的模型。雖然最後，留在我們心中的，可能只是很簡明單調的結論。

就像是在回憶裡的星空，大多是簡單的、靜止的，缺乏景深的一種圖像。

但當我們初次望向星空時，並不是一個相機拍照那樣把整個圖像

儲存下來。而是，兩眼視差的遠近識別能力會失效，睫狀肌緊繃又放鬆，目光會從這點移到那個點，也需要凝視一段時間來等淡淡的星顯露出來。

在探索之前，世界的可能性是無盡廣袤的。全力奔跑也無法抵達盡頭的那種廣袤。而那種廣袤感，在我們成長的過程中，會很快速地被我們的抽象理解能力切割殆盡。我們大腦的模式發現能力實在是太優秀了，森羅萬象終究趕不上我們掌握並厭倦它們的速度。但透過虛擬的心智感官反覆構築，我們於是都有了機會，再度獲得那雙孩童之眼，獲得可供我們全力凝視的景觀。

字母會
現場

卡夫卡障礙
講座收錄

卡夫卡所面臨的變形、死刑、審判與城堡，
都是獻給未來世界的謎語，
所謂卡夫卡障礙就是克服當代生活的所有恐懼，
而他已經示範最好的方式，人無法恢復
但可以見證、記錄，或對於創傷進行反創造。

字母會
的六種剖面

從評論作品到近距離觀察字母會的小說家，
潘怡帆的角色既融入又旁觀，
她以字母會討論參與者與一個先驅讀者的視角，
寫出字母會的時間軸與立體剖面，
將於《字母 LETTER》各期刊出。

流變——他者
Devenir—Autre

⬤ 潘怡帆

一九七八年生，高雄人。巴黎第十大學哲學博士。專業領域為法國當代哲學及文學理論，現為科技部人文社會科學研究中心博士後研究員。著有《論書寫：莫里斯・布朗肖思想中那不可言明的問題》、〈重複或差異的「寫作」：論郭松棻的〈寫作〉與〈論寫作〉〉等；譯有《論幸福》、《從卡夫卡到卡夫卡》，二○一七年以《論幸福》獲得臺灣法語譯者協會第一屆人文社會科學類翻譯獎。

「我們還能怎樣寫小說？」這是《字母會》對二十一世紀的提問。

文學的先驅與後繼者曾一再地使小說高速運轉與加溫不懈，使它譫妄且狂熱，杜斯妥也夫斯基、尼采、康拉德、普魯斯特、喬伊斯、卡夫卡、盧卡奇、福克納、納博科夫、波赫士、布朗肖、卡繆、霍伯格里耶、德勒茲、傅柯、馬奎斯……四處噴發火山等級的暴力，熾烈如白晝之星，堪與赫利俄斯的氣燄拚搏。

在這之後，我們還能怎樣寫小說？

不同於《一千零一夜》的說不完故事，《堂吉訶德》的荒誕，《索多瑪一百二十天》的神聖踰越，《金閣寺》的光燦，艾可寫浩瀚知識，葛拉斯寫沉重的傷害……當見識過這等文學作品之後，似乎便已種下二十一世紀嚴肅小說家蛻變為侏儒的共通命運。

必須成為侏儒，棲上巨人的肩頭，眺望更遠，感應腳下巨人磅礡的知識巨流洶湧，蛻成與之不同的另一身懷絕技者，以差異拓荒小說，以分歧於過去驗證面向未來的視線。

侏儒並非巨人的復刻 Q 版，不是比例尺的縮小，而是觀看方式與技藝養成之別，這是兩種不同的存在方式。

侏儒之於巨人，差異並不在量變，而是質變，不是換湯不換藥的倍增或縮乾，而是流變為截然不同的另外之物，成為「巨人們」的他者。他者冒犯了既存的秩序，拒絕被認識範疇所收編，似某物卻絕非此。「棲上巨人肩頭」於是成為字母會小說家的「方法」，但卻是為了

流變為既存小說與想像的他者。

　　「流變為他者」目的在挑釁且歧出過去已知的小說法則，誠如海明威所言：「好作家不是描述，而是創作。」不是模仿或服從，而是以創作告別過去，即使是對經典致敬，也不等於複製或仿造出類似結構。必須報之以更強悍的創造威力，保羅・奧斯特說：「許多作家在我的身體裡，但我認為，我的作品讀起來或感覺上並不像其他什麼人的作品。我不是寫他們的書，我寫我自己的書。」

　　「我自己的而非他們的作品」，正是經典之所以獨一無二的原因。字母會裡的小說家必須面對的問題與挑戰恐怕不在於「是什麼」，而在於「非此非彼」的「不是什麼」。

　　創作者書寫經驗以便揮別過去一切經驗，如同楊凱麟並非法國思想的複製，而是在臺灣長出域外之眼，亦如同這裡的小說家無法只擁有鍾肇政、王禎和、白先勇等寫作的記憶，他們的血肉筋骸藏有奈波爾、孟若、波拉尼奧或卡佛等諸眾的氣味，身處臺灣而異地遊走。棲身巨人肩膀無法短視，鳥瞰八方的鷹眼把全球的幅員摺入臺灣島，繁複了血脈，埋下基因變異的種籽，等待長出前所未見的特異花卉。因而，字母會迫使背叛個人的起源，成為出生地的局外人，使本土流變異鄉，在臺南、臺中、雲林、埔里、臺北、北海岸拆摺出東南亞、拉美、歐洲大陸與英美等，它的目的不在標誌其所是的血統或出示原生身分，而是通過雜種、變種、配種或混種流變為無血統、無起源與無故土，遊牧且無可辨識，以文學為尊的唯一血統。

　　雜種就是文學的血統，遊走於各種界限，如混合了猶太與希臘傳統的卡夫卡或交揉了印度、孟加拉與巴基斯坦的《午夜之子》。雜種也是文學在臺灣的宿命，徘徊在原民、閩客、荷、西、中國、日本等多重語系文化。不同語言的近身肉搏、血汗交融與交媾，使基因突變、交叉感染、畸形與變異成無法溯及既往的不連貫繼承。然而，這不是本土靈魂的逸失，而是此時、此地、此情此景對文學的重新組裝，是

流變為土著而非僅止於對它的想像，童偉格說：「不管是時差還是誤讀，我們這些在地的創作者會用自己能力將它就地活化，轉化成我們自己的東西。即便是最表層的技術上的借用，都能觸發我們尋索屬於自己的文學。」[1] 這是文學最強悍的生產威力，從現實之域開鑿出尚未存在的時空，通過死亡的幽谷，重組與繁衍出另一種生命型態：文學的生殖性。

不連貫的繼承使文學蛻成有機體，使每個作品創造自身的典範，而非彼此的價值判斷，它們開著異質的花朵，使腳下共同的沃土變質成不相容的特異成分，重新勾勒自身的起源。「他們都在回應當代臺灣的近況。因為我們身在其中，不太知道臺灣的模樣是什麼……我們社會相對是穩定的，但穩定裡面的比較異質、邊緣的東西，其實我們沒有看見，這些作者讓我們看到這些狀況。」（時光書店小美）[2]

文學的問題從來不只是混血，而在如何通過異種改變體質，更動循環且創造出嶄新的染色體排序，蛻成法蘭克斯坦、大甲蟲、白鯨……，以倍增想像／思想的強度。字母會的問題從來不在法文與華文的異質，而是如何繁殖非此非彼的第三種語言。這亦是蛻變為班雅明的純語言：純語言不意謂，也不表達，它附靈於一切個別語言中，顯靈於兩種語言的交鋒，如雙語聖經。

通過異質思想／語言去理解相對於它的另一種異邦語境，於是所有認識、意義與經驗皆化作焦土，陷入不可辨識的命運。正是在這樣的無可依賴與惶惶不安中，誕生了最深刻的語言溝通。眼球如鐘擺般無間地左右，往返二重語言的相互釋義、詮釋、引申、揣測、妄想與高流量填入激似也可能根本只是會錯意的意義理解。過度與過熱的大腦運轉燒出熾喜與譫狂，靈光與幻念交錯綻如煙花，火光迸萬點金燈，流焰飛千條紅虹，倏乎，腦眼迷離使一切不理解盡皆理解，而所有理解總已偏離理解地貫通出一條非此非彼的第三道路。

這條特異的言說之途不源自理性的對照認識，而是其無計可施。

❶出自童偉格晃晃書店講座「字母D差異：從文學史叛逃」之文字整理，收錄於《字母LETTER：陳雪專輯》〈字母會現場〉單元，下文所引童偉格語出處亦同。

❷所引用書店店員之語，出自《字母LETTER：陳雪專輯》企畫單元〈書店職人讀字母會〉，以下亦同。

認識的匱乏迫人轉而擠壓字詞，摳挖出深埋於多汁果肉裡的乾核，再以文學重新入神，使字詞皮脹如鼓地被文學附靈，換言之，不是字詞構成文學，而是文學構成字詞。顏忠賢「的文字不是用讀的，是用感覺的」（紅絲線書店虹汝），童偉格「丟的都是力量」（三餘書店尚樺），「當你面對文學，只要你懂了那文體，沒有看不懂的」（誠品書店筑凱）……每個字詞從此都蛻成內在填滿差異語境的文藝符號，訴說著與任何語言相互錯開的新鑄語義。

通過語言換度，非此非彼地言說，賀德林因而完美詮釋／超譯《安提戈涅》，普魯斯特寫下（由「奇怪語言」構成的）傑作。他們或者雙語翻譯或者以本國語質變脫離原生語言的陳套與定見，不是為了奠定新語言的權威，而是為了重新掏空認識且癱瘓慣性，使文學再次從怪異組裝的詞語中迫出無法逼視的奪目光彩。

字母會的問題確實從來不在法文與華文的異質，相反的，異質是他們嘗試在既存小說中關出的嶄新道路，「字母會的格局是要走出困境，夾縫中尋求新的出路……讓臺灣文學走出一條新路」（晃晃書店素萍）。異質可以是任何差異的相遇，英文、俄國風土、客語、卑南文化……通過另一種語言或文化，不僅止為了認識自己是什麼，更是為了前往「非此非彼」的語言之境，擷取那一顆顆文學滿溢的詞語幻果，重新化為作品，童偉格說：「屬於我們真正的豐饒就是我們是無數的邊境所造成的。」於是小說家們撬進楊凱麟的瞳孔，逐一檢索著詞條裡的陌異：

Q｜字母 G 質問：當代小說藉由系譜學的魔界轉生，小說家一再改寫
　　變奏的「物種源起」。
A｜駱以軍應答：系譜學的編纂，關於「錯誤」的多難度系統模型重建。

Q｜字母 H 質問：作家書寫故事的必然性但卻「外書寫」生命的偶然。

A｜陳雪覆之：她轉而在腦海中建立一座巨大的人臉搜尋機制，到後來終於在茫茫臉孔之海裡，遺失了那人真確的長相。

Q｜字母 I 質問：流湧於世界時間中的無人稱威力，是角色與人物塑形之前的「前個體」狀態，……

A｜盧郁佳回應：拜託妳演好自己的角色行不行，妳都不知道妳才是蔡惜。

Q｜字母 J 質問：摧毀一切秩序的渾混……其實，理想的賭局就是虛構，虛構及其所創造的……

A｜黃崇凱便說：你創造一種十元硬幣的幻覺。一種十元對應到那麼多價值超過十元很多很多的禮物。

Q｜字母 K 質問：因為卡夫卡，文學成為一種現在與未來的決斷與衝突。

A｜顏忠賢回覆：一個真正的籤詩產生意義都是在一個命中的事件被抽籤者投射進去的時候，……

Q｜字母 L 質問：逃逸之線因此同時也是生命之線。

A｜童偉格思忖：那時的曾祖父並不知道，在那看似無路可出的世間，他將肇啟一整個活人宇宙，……路就是這樣蔓延開來，百年以來，無數人循路而來，爭論著一個正確的，啟蒙像他們這樣不文之人的方法。

Q｜字母 M 質問：死亡成為作品的同義詞，既是絕對域外又必須「總是成為我更內在的」。

A｜胡淑雯唱答：夢裡的她不需要聽覺，卸除了過敏的辛苦。夢也罷黜了人

言的聲響，繼而罷黜了謊言。

　　與其說是共謀，他們毋寧更接近相互變異卻彼此共振。異質的詞條成為小說家最詭異的故事素材，在最豐沛的創造力動員中，楊凱麟吐出的每顆詞，暴漲變異成駱以軍的、陳雪的、盧郁佳的、黃崇凱的、顏忠賢的、童偉格與胡淑雯的……。讀者（誠品書店業陞、三餘書店瀅羽……）藉諸作家風格迥異的小說，反向閱讀楊凱麟，並及於當代思想，從各自的領悟中創造詞條的新起源。

　　差異語言的相互對話／搶話，構成了字母會如是的誕生，任何一位成員或條件的更動都可能使作品往別種方向發展，構成與今日截然不同的局面，使字母會再次流變為他者的存在。於是，在萊布尼茲的意義上，作品以獨一無二的姿態確認了這群書寫成癮者的必要性，使之蛻變成唯一也是完美的在場，使法文與華文相遇成為「非如此不可」的絕對必然。他們的無可取代源於書寫已然上陣，由是，每一次的出手都永恆地再次肯定事件誕生的必須與必然如此。

　　在臺灣，在「我們還能寫怎樣的小說？」的質問中，字母會以自身的作品直球回應，答案是：我們仍在繼續寫／思考小說。

字母K：
卡夫卡障礙

◉ 楊凱麟、童偉格 主講／黃崇凱 主持
◉ 日期｜2018.1.27 15:00–16:30
◉ 地點｜臺南誠品文化中心店
◉ 整理｜謝孟庭
◉ 編輯｜莊瑞琳·吳芳碩

黃崇凱　　我今天的任務就是讓左右兩位大神多講一點。卡夫卡到底對於現在寫小說的人，以及未來要從事創作的人，到底有什麼樣的重要性？今天的題目是卡夫卡障礙，對於整個二十世紀文學的走向，尤其是小說書寫，卡夫卡為何是一個重要的存在，就請凱麟先稍微跟我們聊一下卡夫卡。

楊凱麟　　字母會選了二十六個不同的概念或者詞彙，希望透過這些詞彙來貼近與理解當代文學到底意味著什麼。在未來、差異、巴洛克、獨身等等概念裡面，卡夫卡是第一個出現的人名，為什麼會選一個專有名詞來逼近當代文學的現況？主要的原因是，卡夫卡這個詞有著不可取代性，當我們提到卡夫卡的時候，我們沒辦法用別的詞彙來描述，這是卡夫卡造成的文學條件跟現況。因為卡夫卡，英文或法文單字多了一個，我們常常會說，這種處境是卡夫卡式的，英文就是 kafkaesque。在過去一百年來，有過幾個以人名為來命名的新增單字，這些以創作者來命名的詞彙，指向了一種極富原創性的生命處境或狀態，我們只能用他們的名字來述說。比如義大利新寫實主義導演費里尼，英文有一個 felliniesque。當我們說這樣的狀態是費里尼式，如果你沒有看過費里尼的電影，我怎麼解釋你都沒辦法理解。同樣的，卡夫卡有他在我們理解當代生命所不可取代的、他所站立的位置。他使得既有的詞彙不夠用了，我們只能說這是卡夫卡式，而如果你讀過卡夫卡，就會

知道我在講什麼。又好像說，今天當我談這是薩德式，我們把它譯成是虐待狂的，或者被虐狂 masochism，其實意思就是說這是一個馬索克式的人啊。如果你沒讀過馬索克（Leopold von Sacher-Masoch）的小說，你不會知道什麼是馬索克式的人。換句話說，這些新詞雖然無法以既有詞彙來理解，但是它們已經變成我們日常生活的詞彙之一了。這意味著，當我們提到卡夫卡，並不只是在指稱十九世紀末，誕生在奧匈帝國的某個猶太人。卡夫卡所代表的不只是某一個肉身的人，而是由這個人所曾經創造出來的，一種非常強烈無可取代的文學效果。

卡夫卡之所以重要，來自於在他之前我們無法知道，但在他之後他卻使得某種人類處境，特別是當代人的存有模式被放大、凸顯出來。這其實也是一種人類存有的普遍處境，因此卡夫卡恐怕並不是第一個讓我們看到這種處境的作者。波赫士有一篇很短的文章〈卡夫卡及其先驅者〉很有意思，他提到對於卡夫卡的先驅者很感到興趣，舉了好幾個人做例子。其中有一個人，是中國的韓愈。韓愈有一篇大概只有兩百三十個字的文章〈獲麟解〉，波赫士說這是純正卡夫卡式的。當然，韓愈絕對沒有讀過卡夫卡，因為卡夫卡在他之後好久才出生，卡夫卡也應該沒有讀過韓愈，因為卡夫卡在日記裡引用的中國詩人有一兩位，品味並不怎麼好，他應該絕對沒有聽過韓愈。韓愈在〈獲麟解〉裡很巧妙地凸顯了麒麟這種動物的奇怪處境。我們大家都知道，牠在《詩經》裡面被提到過，《春秋》裡面也提到，中國的重要古籍幾乎都提到了，從儒家的觀點來看牠是吉祥的動物，因此跟聖人有關，韓愈說，這點婦人小子皆知。但是問題在於，麒麟這種動物不像豬雞牛羊，當牠們出現在面前時你立刻知道這是豬雞牛羊。麒麟處在非常奇怪弔詭的狀態裡：所有人都知道，但沒有人看過。孔子聽到有人不小心把一頭麒麟打死後掩面痛哭，但這人不是故意的，因為他其實也不知道那是麒麟。波赫士認為，這個〈獲麟解〉正是卡夫卡式的，它處在一

種大腦幾乎要翻覆過來、經脈必須逆行的狀態。在同樣這篇短文裡面，波赫士也提及最有名的古希臘悖論，飛矢不動。用另外一個比較容易理解的例子就是阿基里斯與龜。阿基里斯是古希臘傳說中跑最快的人，烏龜除了在龜兔賽跑贏了兔子外，是一種跑很慢的動物。然而如果讓烏龜先跑一段路，人類跑最快的阿基里斯會永遠追不上這隻烏龜，為什麼？因為阿基里斯快追到烏龜時，烏龜又往前走一小段路，於是阿基里斯又要再往前追一小段路，即使這一段路非常短，但是在他往前追烏龜的這個極短時間裡，烏龜又往前走了更小一段，所以即使阿基里斯是人類賽跑冠軍，卻永遠追不上烏龜，因為總有一個時間差在那裡。我們看到這樣的悖論，正常來說，一支箭射出後怎麼可能凍結在空中呢，但芝諾用同樣的邏輯，認為飛矢不動。這種種的詭辯、悖論與荒謬，這些不可能的狀態，使得整個西方真理開始顫抖。卡夫卡某種程度上屬於這樣的傳統，但又不完全是。無論如何，我們可以看到，在卡夫卡之前，這種卡夫卡式的人物、卡夫卡式的生命處境，已經一再地被中國與歐洲的小說家或哲學家提出來。波赫士在這篇短文裡最重要的結論是，包括齊克果、各式各樣的小說家或哲學家，如果沒有卡夫卡出現的話，我們不會把他們兜攏在一起，因為從表面上來看，他們的形式實在差異太大了，但是如果我們說這樣的處境其實就是卡夫卡式，好像就被解決。

似乎某種程度上，卡夫卡正在告訴我們一種存有狀態，他告訴我們一種不在既有的律法、不在既有生命關係的想像（不管是父子關係或國家跟人民關係），而且是我們既有的想像裡不可能存在的狀態。我們或許可以來看看卡夫卡到底是什麼樣的人，卡夫卡在文學史上該怎麼來看待？當想要親近文學，甚至希望自己成為一個小說創作者的時候，卡夫卡代表著什麼？

我剛剛說他所代表的那種卡夫卡式的情境，使得整個古希臘至今的真理在它面前顫抖。那麼卡夫卡所處的人間條件到底是什麼？他的文學

條件是什麼？卡夫卡處身在只有五十年歷史的奧匈帝國，帝國的瓦解正觸發了第一次世界大戰。卡夫卡出生在帝國中的布拉格，整個帝國主要的語言是德語，他則是一個認為自己母語是德語的猶太人，而且不是生活在柏林、不是出生在漢諾威或威碼，而是在布拉格的猶太人。布拉格有兩種語言，德語與捷克語，卡夫卡兩種語言都能講，但是他以德語寫作，他的德語有一種捷克腔。你可以想像，就像是臺灣國語，我們在一個非中國大陸的地方，講著同樣的語言但是不標準，有著臺灣腔。像是 Black English（黑人英語），它沒辦法跟以莎士比亞為文學代表的英國本土語言相抗衡。德語的文學代表是歌德或席勒所寫出來的美文，這些活躍在威瑪的文學巨人把德國文學推向一個頂峰，但在遠離威瑪的帝國邊界，布拉格城裡有一個講著捷克腔德語的小說家，正用德語在寫作，而且他是猶太人。他的民族語言既不是捷克語，也不是德語，而是希伯來語，他以一種帶著腔調的方式書寫他的文學，這本身就已經是一個卡夫卡式的困境。他活在帝國的邊陲，不可能像哥德與席勒那樣寫著正統的、由國家與官方認定推崇的美文，但是做為他自己的母語，即使再怎麼不標準，他也不可能不以德語書寫。換句話說，卡夫卡唯一的武器是德語，但是對他而言，以德語書寫卻絕不可能重複以威瑪為中心的帝國書寫，在面對這樣的巨大不可能時必須找尋一個逃離的方式，卡夫卡的小說不管在情節或書寫上，找到了諸多不可能之外的一種可能，某種將所有不可能翻轉成的可能。在這樣的邊陲書寫下，反而使得由歌德所代表的龐大文化意涵與文法結構被瓦解了。他唯一的武器就是敵人的語言，就是統治他的語言，是一個可能對猶太人愈來愈不友善的語言，但是他不斷寫著。卡夫卡的巨量書寫還包括當他女朋友會收到非常多情書，他的情書就像吸血鬼的蝙蝠，不斷地派出來包圍著你，現在已出版了好幾本他寫給各個時期女朋友的書信集，他還大量地寫著日記，他的小說據說百分之七十被燒掉，他所有的長篇小說都是沒有寫完的，他的日記非常

厚的一本。在這樣的困境裡，面對著各種不可能性，卡夫卡卻透過無窮無盡的書寫啟迪著我們，而且一直到死都沒有停筆，因為不寫作這件事情才是唯一的不可能。整個卡夫卡的難題在於，必須去書寫那不可書寫、不可能寫之物；不可能書寫，但仍然必須繼續書寫；或者應該說，不寫才是唯一的不可能。這便是卡夫卡所展現的、做為一種作家的最高意志跟倫理。

文學史上有非常多展現強大書寫意志的創作者，比如說薩德。薩德幾乎半輩子被關在監獄，你以為薩德本人跟他的小說一樣淫蕩，他每天過著非常爽非常縱欲的日子？沒有，薩德把人類欲望用一種理性主義的方式計算舖排出來，特別是《索多瑪一百二十天》裡面那些變態行徑。但他自己是沒有做過的，因為他被關在監獄裡面，正因如此，我們才更感到小說創作的恐怖，那是一種純粹的虛構。最後，我引用卡夫卡的日記簡短地小結，他寫道：我將不惜一切代價書寫，這是我為了倖存的戰鬥，而神不願意我寫作，但我絕對必須寫作，而且寫作是我能夠倖存下來、能夠繼續活著的一個非常重要的戰鬥。

黃崇凱　　　不管你有沒有讀過卡夫卡的作品，我想凱麟已經提出為什麼卡夫卡在近代的文學發展那麼重要。之前我曾引用駱以軍的話開玩笑說，杜斯妥也夫斯基很像是童偉格的爸爸，他對於杜斯妥也夫斯基的瞭解好像比對他爸還要多。如果是這樣的話，卡夫卡可能就是他小叔叔。童偉格這樣一個書寫的實踐者，他的小說也常讓人家感受到一種卡夫卡式的問題，你常常覺得童偉格會讓你思考一件事，就是人為什麼還要寫作，寫到他那樣子就不可能再寫，可是他還是繼續寫，繼續參加字母會跟我們鬼混。

童偉格　　　聽崇凱一說，我才知道原來杜斯妥也夫斯基跟卡夫卡有兄弟的關係。現在我看起臉紅紅的，是因為我昨天去臺江走了一天，為了去鎮門宮

看國姓爺，問他一個問題，跟他說國姓爺，我今天要談卡夫卡。國姓爺沒有理我，但我自己站在海門天險，如果要用一個詞來形容，對我而言這個地方真的是非常的卡夫卡。因為它本來是一個水道，現在只剩下國姓爺還在那裡看海。站在那裡我就開始想，如果國姓爺今天要談卡夫卡，或者是，卡夫卡今天要談國姓爺，他們會怎麼談，有時候創作就從這裡開始。由國姓爺去談卡夫卡，跟由卡夫卡去談國姓爺，兩個問題比起來，後面那個問題比較容易想像，原因很簡單，卡夫卡對於東方神祕的事情有一種基於直覺的喜好，這是原因之一。原因之二，當然還是因為兩個人的生存年代相差了兩百年，對晚生兩百年的卡夫卡而言，如果他在意、關注或者理解國姓爺，那早生兩百年的國姓爺，會對於他的思考存在著一種召喚或誘引。即便是國姓爺已經不在了，他的「不在場的在場」，會形成一個黑洞，那個黑洞會吞噬，或者是會將卡夫卡所有由國姓爺所激發的思考，都通通吸納進去。其實對我們而言，我們今天在想像卡夫卡，就有一點像卡夫卡在想像國姓爺那樣。這裡形成了一個非常有名的卡夫卡悖論，就是像卡夫卡這樣在文學史上留下刻度的作家，可能會對後面的文學從事者形成一種不可能缺席的缺席，也就是說，這些已經逝去的人，以各自非常隱密或沉默的方式，留下了那種不可豁免的刻度，並且對我們而言，特別具有一種未來感。這樣的談法，大家可以在《字母 K 卡夫卡》這本書前面，凱麟老師寫的序言看到。如果大家會需要更簡單的說明，也可以去看南非小說家柯慈的文學評論集《內心活動》（*Inner Workings*）。幫《內心活動》作序的英國文學教授阿德里奇（Derek Attridge），非常敏銳地觀察到，柯慈在書裡清點與素描整個十九世紀歐洲的文學傳統裡，非常重要的文學家哲學家，他一個章節一個章節幫我們復原，這些非常重要的思考者的生存狀態，而在這一連串的素描當中，柯慈漏掉了一個人，就是卡夫卡。但是阿德里奇認為，正因為卡夫卡不在，所以在柯慈描述其他人的修辭當中，卡夫卡變成了無所不在的狀態。

因為是卡夫卡教會柯慈怎麼樣去看，其他作家會用更大篇幅去描述的，但在卡夫卡的作品當中，僅僅是用最簡約最素樸的方式，所濃縮呈現的苦難與激情。也就是說，卡夫卡這個所謂不可能缺席的缺席，正是在這樣的情況下，被阿德里奇描述出來，同時也再次被我們理解。簡單說，卡夫卡已經形成了我們對文學想像的一個奇怪黑洞，以他已經不可能再從事更多文學創作的這種，非常奇怪的隱匿，長期成為在他之後的我們，對於寫作觀察的稜鏡。我們已經沒有辦法，用豁免於卡夫卡思考過或是創造過的思考文學的方式，來談論當代文學。好恐怖。凱麟在序言非常優美地寫了這件事，但他是從更困難的，黑洞的核心裡面看出去，來定義這個所謂的不可能去書寫，但是也不可能不書寫，到底是怎麼回事。因為沒有辦法濃縮、翻譯，所以我幫大家念一遍：

　　文學史裡的「卡夫卡在場」並不只是增添了一種特異的敘事風格，不只是多了怪誕的故事類型，亦不只是對官僚與國家機器的基進轉化與諷喻，卡夫卡做得更多（或更少）。因為卡夫卡的臨陣，我們清楚知道，書寫的不可能與不可能不書寫，就是文學的主導動機。

我們現在知道了，「卡夫卡在場」這件事，本身就是一個悖論。這個特別豐饒的，文學史上的卡夫卡在場，「並不只是增添了一種特異的敘事風格，不是多了怪誕的故事類型」，就像大家即便沒有看過卡夫卡的任何作品，一定也知道《變形記》，一定知道這個非常有名的小說開頭：有一個人早上起來發現自己變成蟑螂還是毒蟲。卡夫卡的在場，也「不只是對官僚體系和國家機器的基進轉化和諷喻」，就像卡夫卡所有長篇小說，都建立了彷彿迷宮樣態的世界，非常適合用來形容卡夫卡之後，官僚體系跟國家機器龐大而讓人摸不著頭緒的發展。但卡夫卡的意義其實不在這裡。「卡夫卡做得更多或更少」。「因為卡

夫卡的臨陣，我們清楚知道書寫的不可能與不可能不書寫，就是文學的主導動機。」這造成一個所謂的「卡夫卡障礙」，他的文學嘗試和生命當然有極限，然而這個障礙，是用全生命所結成的。也就是說，卡夫卡最貴重的意義在於，他用一種格外精確的方式幫我們證明了，文學創作何等困難。

書寫的困難，有時候可以偽裝。或是說：我們往往會將寫作描述得比實情還更困難，從中獲得一種激爽感。但是對卡夫卡而言，這件事情是真真切切造成困難，困難到對他而言，連日常表達有可能都是非常不容易的，因為似乎世間所有的庸常認知，預期或常識，對他而言都無法那樣理所當然地確切。他嘗試在自己的寫作裡，重新開放對庸見的討論，但矛盾的是，語言卻不是他真正稱手的工具。於是他的衡量，幫助我們去想像什麼是可能被語言留存下來的，而這些被語言留存下來的，可能讓我們重新思索，我們習以為常的事可能來得何等艱難。簡單來說，卡夫卡對我們最大的貢獻，就是他清楚幫我們證明，這個人有病，但這個病是格外豐饒的病，意思是說關於他那格外獨特的生命，我們如今卻已經都能在後設詮釋當中，直接當成普世性的隱喻來使用了。這是說：我們以卡夫卡做為方法，或者，將卡夫卡做為病體。比方說，卡夫卡和父親的關係如今已經不是他一個人的問題，而是整個猶太新世代跟舊世代的對立問題。甚至，也已經不只是猶太人的問題，而是全人類的問題。比方另外一個理論家薩依德，他的自傳《鄉關何處》，寫他父親想辦法把他送出巴勒斯坦，他申請去美國念書，當時去美國還得要坐船，父親陪伴他搭船的整個場景，我每次讀都覺得非常像卡夫卡的長篇《失蹤者》（也叫作《美國》）。因為在航行的過程當中，好幾次薩依德父親支支吾吾找他談，父親想要在航程當中，教會他一個男生應該要知道的性知識。薩依德很意外父親不知道他已經知道了這些事，或者更複雜的是，父親其實知道他知道這些事，但父親決定要把這件事做完，父親決定要盡好一個父親該盡的

義務，而且父親覺得所有的說法都不用轉換，好像這是先祖流傳下來的一個封印，而他的責任，就是用這種已經形成的語彙告訴兒子這件事。這個場景，會讓我們聯想到卡夫卡小說裡的一種奇怪狀況，就是你對一個人嘗試要教導你一個什麼事，就是某件生命中理應要學到的事，但就在這個奇怪的門閥上面，你突然之間產生一種恍惚或鬆脫的感覺。這種情況，特別容易發生在你覺得跟這個人的情感是天生的之時，比方跟父親，或是跟母親之間。

卡夫卡跟情人的關係也是，這是一個很可以寫成長篇小說的題材。兒童心理學家克萊恩（Melanie Klein）就對這個很感興趣，她仔細研究卡夫卡的日記，幫我們確認了卡夫卡可能有慮病症。因為卡夫卡童年缺乏擁抱、缺乏父母的關愛，所以老是會有一種自己已經受到攻擊的想像，他一天到晚擔心自己會生各式各樣的疾病，他在這裡貢獻了非常重大的想像力。他會以為自己就像爛掉的木頭生了各式各樣奇怪的香菇，他想著這些病，想著自己會如何死亡，想著所有所有這些慘狀。他對情人非常熱情的表達這些，而這對情人產生一個消耗。因為這是一種召喚：他希望告訴你，我是這樣一個激情的人，我希望你承接我，無條件地接受，不要以我為恥，不要覺得我是怪物。他在另外一個沒有血緣關係的人身上索取的，其實是比母愛更偉大的那種精神需要，所以你在卡夫卡跟他情人關係的這個障礙裡，可以看到父子關係的另外一種變形，因為他在跟父親這種應該是天生就有的情感當中，總是感到一種疏遠、被傷害的感覺，於是他在沒有血緣關係的情人身上，去索討一種甚至可能聖潔超過親子關係，我們不知道該怎麼樣命名的世間情。卡夫卡每次都在平靜行使一種讓他的戀人漸漸遠離他的幻術，這是一個非常壯烈的男人。

但是，必須注意的是，卡夫卡自己，其實不會直接將個人傳記式的細節，寫進文學作品裡。意思是，今天我們看卡夫卡作品跟卡夫卡生平，其實是在兩個文學世界裡面穿梭，因為卡夫卡留下來的那些經典

小說，跟心理學家很感興趣那些日記，其實是分開的兩個宇宙。卡夫卡有非常奇怪而重要的一個屏風，他看待文學的態度，不僅僅是從中二的自我困境裡去看，他的確是在嘗試跟一切艱難的文學條件對話，並且用他自己的話來說，所謂的創作這件事，其實是去拆生命的磚瓦來蓋作品的房子。是在這樣一種對於自己生命的塗抹、抹消的情況下，卡夫卡用艱難的字字句句，一點一滴兌成了作品。所以在某種意義上，卡夫卡其實是沒有辦法談論的。對我而言，卡夫卡注定是那種沒有辦法獲得世界上大多數人理解的作者，為什麼呢？因為如果我們有辦法把卡夫卡說到讓世界上大部分人理解，某種意義上，我們其實是深深切切背叛了卡夫卡留下來的遺產。但昆德拉說，遺產就是用來背叛的，所以我們得嘗試。但我還是希望能把這件事情標識出來，就是卡夫卡的定位，其實不在這種雙線纏繞，就是我們總是從一個人的生平去理解他的作品，不是這樣的。卡夫卡的孤獨是真正的孤獨，他在嘗試用自己的方式搭建一道城牆，讓自己的生平跟從事的文學志業，從他做為起點，像兩條軌道一樣漸漸就奔開了，而這兩條軌道開放了兩種可能的未來。我們今天知道的只是，在文學當中卡夫卡何等艱辛，而這孤獨注定是某種創世等級的孤獨、銀河等級的孤獨。

為了舉例方便，你可以比較一下卡夫卡的孤獨跟村上春樹描述的孤獨。村上春樹描述的孤獨，他會用充滿費洛蒙的方式，用很可愛的隱喻把它呈現出來。他會用目錄學的方式。至少很多人看完村上春樹，就去找他到底聽了什麼音樂，或再不濟你也應該學會煮義大利麵。他知道怎樣讓它軟化、可口，讓這個孤獨彷彿失去脊椎骨，讓你知道孤獨可以是一種風格，你會模仿甚至被這個文體給影響。但是卡夫卡說不定還是會羨慕村上春樹，因為你知道有些孤獨無法化解，因為它就是一種，微小近於胚胎，但是巨大大於銀河的東西。那個孤獨是一個人存生於世真正的困難，而卡夫卡是一個非常非常不好讀的作家，因為他的作品缺乏那種費洛蒙。他不知道該怎麼樣表達這個東西，用相

對更為接近讀者的方式，讓它可以完整地發散出來。他甚至不知道，有些細節會需要更多的表述，有些溝通會需要創造。卡夫卡將所有一切大於他的事情，都一一封鎖在一個近於隱喻的寂靜裡面，在格外無助的時候，讓這種東西變成一種看不見也摸不透的風景。

黃崇凱　　我們謝謝偉格繼續深化了凱麟剛剛講的東西，我想大家聽下來會覺得卡夫卡真的是一個很困難的作家，現在我們就進入 QA，任何問題都可以丟出來。

童偉格　　那我先問。我看了崇凱在《字母會 K》的作品，特別感興趣，它描述了一個非常有意思的故事，但我不太確定它跟卡夫卡有什麼關係，所以我想請崇凱談一談這篇小說，與卡夫卡給你的啟發。

黃崇凱　　突然間不知道要怎麼回答這個。對陷入卡夫卡的一種困境，就是說我不太可能說得出來但是又不得不說的狀態，然後我可能講出來也沒有人可以理解，因為我連自己要講什麼都不知道。我有偷看到偉格的筆記，他一看就知道，我寫的開頭跟卡夫卡的《審判》是類似的情境。卡夫卡《審判》的開頭就跟他《變形記》的開頭一樣非常有名，就是 K 一早醒來不知道發生什麼事，但他卻被告知說他被告了，然後就開始進入一個奇怪的法庭機關，一直想要知道到底犯了什麼罪，然後到底誰在弄他，他永遠都搞不清楚到底那是什麼機構，那個辦事的人到底負責哪些事情，然後自己到底犯了什麼錯，他連他自己發生什麼事情都搞不太清楚，我其實就是想要去寫出這樣子的狀態。我覺得卡夫卡帶來一種很奇妙的情境，剛剛凱麟說，卡夫卡其實是晚生於波赫士講的所謂卡夫卡的先驅，可是不知道為什麼，聽起來卻覺得卡夫卡才是這一切的祖先，好像他發明了韓愈，發明了芝諾的飛矢論跟阿基里斯與龜的悖論，他好像變成最早的那個系譜的起點。他在二十世紀初，

比如說《變形記》是一九一二年寫出來的，可是一百多年後他仍然非常有效地說明了我們所處的這個當代世界的狀況，《變形記》的開頭就是，薩姆莎一早從夢裡醒來，發現自己變成了一隻巨大的甲蟲，他陷入了一種沒有辦法跟外界溝通的狀態，到了二十一世紀我們更能夠體會，因為我們一早醒來發現網路沒有訊號了，我們馬上就陷入一個卡夫卡的困境，然後你就會想盡辦法連上網路，連上後其實也沒有幹嘛，就刷刷臉書而已，這是一個非常荒謬的處境。所以我覺得卡夫卡到現在，仍然持續解釋著我們的世界。我想更困難的部分應該要交給凱麟老師，我們私底下都暱稱他為 K 老師，他最有資格來講 K。

楊凱麟　當代哲學談卡夫卡時，重點在於怎麼從既有的問題中找到逃逸的方式，卡夫卡寫人變形成各式各樣的蟲、變形為動物，其實是他在描摹，或展現生命怎麼從已經被制度化、體制化，甚至被國家機器所殘害的狀態離開，所以變成蟲，變成老鼠，變成各式各樣的非人狀態。我們總是習慣以為能由閱讀來解決某些問題，我們總是假設作者會提供生命的某種可能的想像或者可能性，然而卡夫卡剛好相反。或許各位應該試著在《字母會 K 卡夫卡》的六篇小說裡面去找出對每個作者而言，什麼是他創作或當他落筆的時候，他所認為的那個不可能性。我們或許應該試著從不可能書寫與不可能想像出發來重新思考世界，甚至是從活著的不可能極點上折返回來，以便理解我們現在是什麼樣的狀態，而絕不是從所有的可能性列表裡去想我們是什麼狀態。如剛剛偉格所講，村上春樹很容易找到一大票理想讀者，而且大家都覺得我才是，因為村上很理想地講了我的孤獨狀態。但是這對於卡夫卡是不可能的，如果你認為你是卡夫卡的理想讀者，那麼你恐怕是最不理想的。卡夫卡在當代哲學裡面有著代表性，我們一直在講的卡夫卡困境，卡夫卡的不可能性，卡夫卡障礙，其實正揭露了所有卡夫卡式的小說，甚至可能是當代所有小說的經驗，就是試圖要去誕生不合法的

讀者，只有在閱讀卡夫卡的時候你才可以重新誕生出來，你被賦予了第三顆眼睛，你突然有一個靈感，有一種靈視，你突然看清楚現在的處境是什麼，某種程度你也因此找到逃離僵化體制、逃離一切陳腔濫調，逃離平庸生活的某種恐怖的可能。六個小說家在字母 K 裡面都使出了他們的本格功夫，但他們也都企圖在本格功夫裡展現一個「卡夫卡部位」，而且相互之間是非常非常不一樣的，但都是繞經某種他們認為的生命不可能性：書寫的不可能性，活著的不可能性，死亡的不可能性，以種種飽含著創造性的不可能，迴反，並倖存下來。

創作者
讀字母會

與「未來」定約

●薛憶溈

生於郴州，長於長沙，旅居蒙特利爾。工學學士，文學碩士，語言學博士。曾任教於深圳大學文學院及任聘為香港城市大學訪問學者和中山大學高等人文研究院駐院學人。「深圳人系列小說」《出租車司機》在加拿大推出英譯版《Shenzheners》和法譯版《Les gens de Shenzhen》後，包括《紐約時報》在內的西方主流媒體大篇幅介紹，被譽為「中國的《都柏林人》」，並於二〇一七年獲得蒙特利爾國際文學節多元文化獎（「系列小說」旋即以《深圳人》為名重新出版中文版）。同時，僅有臺灣版的長篇小說《白求恩的孩子們》的英譯本也引起廣泛的國際關注，並且成為進入加拿大《環球郵報》年度百強（The Globe 100）中唯一的翻譯作品。而名列二〇一四年多家排行榜榜首的長篇小說《空巢》的瑞典文版也同時出版。共著有長篇小說《遺棄》、《一個影子的告別》；小說集《流動的房間》、《十二月三十一日》；隨筆集《文學的祖國》、《與馬可·波羅同行》等二十部作品。

　　來自左後上方的一陣奇特的噪音打斷了我的思路。我在被積雪覆蓋的人行道上停下了腳步。那奇特的噪音又重複了一遍。它有點像是從岩縫深處滲出的水流聲。它又似乎是擔心錯過的急切呼喚。我回過頭去，居然看見了一隻啄木鳥。它佇立在我剛經過的那棵老樺樹上，靠近樹的第一個分叉處。它應該是剛剛中斷專業的工作，嘴邊還沾著一絲新鮮的木屑。分叉處的位置很低，低到好像我伸手就可以觸摸到啄木鳥的尾翼。我完全轉過身，用受驚的目光仰望著它。它顯然也正在看著我（精確地說，應該是在俯視著我）。它顯然已經看到了我全部的反應：我的停下、我的回頭、我的轉身、我的受驚……從它迅速轉動的眼球裡，我能夠覺察出它對這一切的得意。緊接著，那一陣奇特的噪音又重複了一遍。這也是透出得意的重複。緊接著，啄木鳥從容地將頭側向顯然是剛剛擊開的洞眼，清冷的空氣裡頓時蕩漾起雕琢的節奏和激情。

　　我之所以受驚是因為回頭看見它的一剎那，我就已經意識到它不是一隻普通的啄木鳥，而是「那隻」啄木鳥：那隻長篇小說《希拉里、密和、我》的第一人稱敘述者在天寒地凍的皇家山上但聞其聲不見其

身的啄木鳥；那隻用雕琢的節奏和激情喚醒了敘述者的垂死魂靈的啄木鳥。「我還是第一次聽到這麼『空』的聲音。」敘述者對著身邊那位行蹤詭祕的西方女人說，好像突然恢復了對世界和生命的敏感。

我繼續被啄木鳥奇特的呼喚打斷的散步，但是我好像已經不可能再回到被打斷的思路。剛才我正在思考著自己與「未來」的關係，那是電腦硬碟上新出現的名為「臺灣約稿」的空白檔引起的思考。而現在，我的頭腦裡卻只有關於「那隻」啄木鳥的疑惑：它是怎樣完成從虛構作品到現實世界的神祕飛行的？它又為什麼要完成這樣的一次神祕飛行？

這已經不是第一次了。我總是在現實世界裡與自己虛構作品裡的人、物或者事相遇。這已經是第無數次了。有一次，這種相遇與虛構作品只相距短短的二十分鐘：長篇小說《白求恩的孩子們》的敘述者在其中題為〈一個分離主義者〉的故事裡寫到一次魔幻的體驗：他懷孕三個月的妻子早已經在一九八九年六月四日夜晚（也就是「白求恩的孩子們」所經歷的最黑暗的夜晚）中彈身亡。但是，將近二十年之後的那個嚴寒的清晨，他卻在蒙特利爾皇家山頂凍結的湖面上聽到了她熟悉的呼喚。他回過頭去，看見她正佇立在湖的盡頭。他興奮地朝她衝過去。可就在他幾乎要搆到她的一 那，神奇的身影卻煙消雲散，冰面上只留下了一只帶著血跡的嬰兒手套。二〇一七年三月初的一天早上，在核對完這段故事的英譯之後，我決定去戶外活動和放鬆。我走的是平常散步的路線。在快走近「十二月六日廣場」的時候，路盡頭停車位標誌杆上繫著的物件引起了我的注意。它被狂風吹起，在低空中肆意飛舞。（現在想來更讓我覺得神奇：那個停車位標誌杆所處的位置不僅是將近十年前《白求恩的孩子們》靈感從天而降的地方，距離啄木鳥從上面俯視我的那棵老椿樹也大約只有一百來米）。還沒有完全走近，我就已經看清了那是一對嬰兒的手套。完全走近之後，我更看清了那竟然還是一對沾滿汙垢的嬰兒手套。我像小說的敘述者

一樣蹲下身去，將那小得不可思議的手套捧到胸前……有時候，這種相遇要等待十年、二十年甚至可能更長的時間：一九八八年第八期《作家》雜誌頭條刊出我已經在大陸多家文學雜誌漫遊兩年多的中篇處女作，這是我做為正式的「景點」在中國文學景區裡落戶的標誌。而長篇小說《遺棄》也正好在這個時候完成。在小說的第七・六節裡，那一群備受壓制的青年藝術家開始將他們對中國的憤怒轉化為對世界的憧憬：「等著《紐約時報》對我們展覽的讚揚吧。」他們的搶白裡包括這樣的一句。記得當年寫下這個語句的時候，我對搶白者的態度是調侃多於同情。沒有想到，將近三十年之後，虛構作品裡這樣一個不起眼的語句竟也會獲得現實世界的呼應：在二〇一七年深秋裡的一個憂鬱的正午，我在蒙特利爾中心車站的報攤上買了一份《紐約時報》，因為它的讀書版上刊出了一篇關於《遺棄》作者的報導。

　　儘管這種現實與虛構的相遇在我過去三十年的文學道路上不斷出現，我對它的敬畏卻從來沒有因為這「不斷」而遭受絲毫的磨損。它的每一次出現都會讓我受驚：不管它的形式是一隻鳥、一對手套、一陣狂風或者一篇報導。在特定的階段，每一個成熟的寫作者都必然會受困於「為什麼要寫作？」這一類帶本體論色彩的問題。那隻啄木鳥的出現讓我對這個問題有了肯定的回答：現實與虛構的相遇就是我為什麼要開始寫作的理由。同樣，它也是我為什麼至今還在寫作以及我為什麼還將繼續寫作下去的理由。這理由應該等同於喬伊斯早在繪製「青年藝術家肖像」之前就已經頓悟的「天啟」（epiphany）。它不僅將寫作變成了命運，還將寫作變成了傳奇。

　　突然，我也有所頓悟。我頓悟到了此刻的疑惑與剛才的思路之間的聯繫。更具體地說，我已經完全明白了那隻啄木鳥為什麼要完成這一次從虛構世界到現實世界的神祕飛行，儘管我也許永遠都不可能知道它是怎樣完成的這一次飛行。是的，它為我而來。是的，它為我關於「未來」的思考而來。是的，它給我帶來了完成「臺灣約稿」的靈感。

這靈感雖然根植於我個人特殊的文學經驗，揭示的卻是所有寫作者與「未來」的關係，或者說是寫作本身與「未來」的關係：每一個成熟的寫作者都是「未來」的發現者。每一次成熟的寫作都是對「未來」的一次發現。每一部成熟的作品都是為「未來」繪製的一張藍圖。這就是寫作與「未來」的關係。

這應該就是為什麼「寓言」會成為寫作的原型與終極的原因。波赫士堅信所有的寫作者都是「抄襲」者。而「寓言」無疑就是他們所「抄襲」的那部完美之作的體裁。從這一點可以推知，以隱喻為基本「演算法」的寫作過程所創造的結果也是一個隱喻，一個關於「未來」的隱喻。因此，預言性和普世性也就成為甄別一部文學作品是否成熟的充分必要條件。人將走向何處？人的「存在」將如何決定人的「成為」（或者說人的過去和現在將如何決定人的「未來」）？這是成熟的寫作永遠要去挑戰的本質問題（就像堂吉訶德必然要去挑戰的冷酷的風車），不管這寫作用什麼樣的硬體來完成，也不管這寫作以什麼樣的載體去傳播。還是請允許我回到「個案」之中來吧：有很長一段時間，我一直不太清楚為什麼帶有強烈八十年代「存在」痕跡的《遺棄》還能夠獲得網路時代年輕讀者的認同。後來我意識到小說對「混亂」的預言正好變成了「未來」的現實，而它對「被遺棄」的焦慮也正好是在眼前這天旋地轉的世界裡氾濫的通感。也就是說，是預言性和普世性決定了這部作品最終沒有被遺棄的命運；還有，在那篇用「三十三年時間寫成的短篇小說」〈小販〉（「深圳人系列作品」之一，後收入《深圳人》）中，敏感的少年敘述者目睹著各種社會勢力對生活在社會最底層的弱者的欺凌，開始對「存在和時間」產生了質樸的懷疑。而當聽到那個用電棒頂住小販鼻尖的城管說「你這樣的人就不應該活命」的時候，他更是被推到了哈姆雷特曾經抵達的絕境。To be or not to be 的困惑與對「未來」的恐懼一起發作：他開始希望自己能夠生活在一個「光速不再是極限速度的世界裡」，他想借助時間的倒流來躲避「未

來」對包括他自己在內的所有弱者的傷害。二〇一七年秋天，當北京當地政府對「低端人口」的粗暴處理在中國大陸激起強烈民憤的時候，這篇短小的作品又引起了一些讀者的關注。那一天，與《深圳人》的法文譯者談起這個細節，她馬上的反應與此刻的話題切合。她說：「文學總是能夠在時間之前觸到了『未來』的神經。」

這或許也是為什麼視力的缺失並不會損害創作的水準的原因。在文學的巔峰上，失明者占有很高的比例：荷馬、彌爾頓、喬伊斯、沙特、波赫士……王爾德解釋說這是因為文學家用來觀察世界的設備是心靈而不是眼睛。而我想這神奇的現象正好是寫作與「未來」特定關係的又一個例證。《遺棄》的第五・二九裡也出現了一位失明者。他是一位坐在馬路邊的算命先生。年輕的「業餘哲學家」馬上將他與寫作者聯繫起來，認為他們「都在用語言呈現（或者駕馭？）人的命運」。這種聯繫實際上暗示寫作者也可以是失明者。事實上，在這個資訊氾濫和價值混亂的時代，人的視覺已經失去焦點和銳力。如何將自己與紛擾的「外界」劃清界限，或者說如何將自己遮罩起來，遮罩於最透徹的真理，最純淨的激情，最精準的審美……這是對每一個寫作者的考驗。也就是說，在這個時代，寫作者更「應該」是隱喻意義上的失明者。只有這樣，他才能夠專注於語言，專注於內心，專注於必須通過精緻的語言、細膩的內心和不可思議的耐性才能夠發現的「未來」。也就是說，寫作者不需要也不應該跟隨現實的潮流「走向未來」，因為每一部成熟的作品都已經是「未來」隱蔽的居所，因為寫作的本質就是與「未來」定約。

那只從虛構作品裡飛來的啄木鳥為「臺灣約稿」帶來靈感，這本身就是一個與「未來」相關的話題，因為在我文學道路的源頭（尤其是與臺灣相關的那一部分），「鳥」是一個頻繁出現的意象。一九九〇年十二月，《聯合文學》雜誌以我的中篇小說〈一九八九年十二月三十一日〉為當期唯一的「小說精選」在封面上推薦。這是我的作品

第一次在臺灣出現。這更是對我做為寫作者的「未來」產生了深刻影響或者更具體地說是幾乎斷送了我做為寫作者的「未來」的出現。小說從引用的詩句（引自我自己的詩作）開始：

　　不知從哪裡飄來的那些白帆
　　被撕成碎片　像草地盡頭的雪
　　鳥兒們的食物　那些鳥
　　將飛向哪裡

「那些鳥將飛向哪裡？」現在看來，這分明是關於「未來」的讖語。

整整一年之後，我的作品第二次在《聯合文學》上出現。那是一組短小的故事。在其中題為〈搬家〉的故事裡，熟悉的意象進一步展開：「那隻鳥慢慢合攏翅膀。它在鵝卵石堆上隨意走了幾步又突然停下。它好像是在傾聽空中飄過的一種奇特的聲音。那樣寂寞的傾聽。山不像是山。水不像是水。世界真的已經很遠了，世界不像是世界。那隻鳥驚奇地眨了眨眼睛。」不難發現，這其中同樣隱藏著關於「未來」的讖語。世界已經不再像是我們所熟悉的世界了，這差不多是所有人對不斷成為現實的「未來」的哀怨。

寫下這段文字和前面那些詩句的年輕人並沒有看見自己的「未來」。他很快就從文學的景區裡「消失」了，原因是他的〈一九八九年十二月三十一日〉觸到了歷史的禁區。而「消失」正好是《遺棄》主人公的結局。就這樣，年輕人第一次在現實世界裡與自己虛構作品的細節相遇。當然，這兩次「消失」的性質又完全不同：虛構世界裡的那次「消失」是主動的選擇，而現實世界裡的這次「消失」卻完全出於被動，出於別無選擇。年輕人的第一次文學生命因為一次純真的創作夭折了。他當時完全看不到「未來」。他以為那夭折就是自己整個文學生命的終結。

　　經過無數次現實與虛構的相遇，當年的年輕人現在已經身處將近三十年之後的「未來」。他對文學的敬畏沒有被時間磨損，沒有被孤獨磨損，沒有被查禁磨損，也沒有被虛榮磨損。奇蹟的顯現仍然會令他受驚。事實上，他會比以前任何時候都能更清楚地看到每一次顯現的意義，比如那隻啄木鳥。他知道它不僅帶來了關於「未來」的靈感，還更加激勵起他對「自由」的嚮往。寫作既是艱難的跋涉，又是自由的翱翔。他自己的文學道路已經是這兩個特徵相結合的標本。而處在文學可以隨意被政治封殺或者可以輕易被市場左右的時代，他更相信，表達的自由是每一個寫作者都應該爭取的權力，自由的表達是每一個寫作者都應該保持的尊嚴。

　　那些虛構作品裡的鳥將飛向哪裡？如果它們是現實世界裡的寫作者的隱喻，我知道，它們將飛向「文學的祖國」和自由的「未來」。

巴洛克式
猜想

◉陳栢青

缺乏紀律，熱愛空談。有一天可以規範自己，就可以寫作了。
那時候會寫得很無聊吧。

　　我最初的問題在於，為什麼是巴洛克？

　　讀將下來，《字母會 B 巴洛克》集中收錄的各篇以巴洛克為名，
卻並不那麼直觀的巴洛克，或我們以為的巴洛克（但巴洛克到底是
什麼？是不是人人內心都有一種巴洛克？）。而在卷首楊凱麟的解釋
中，巴洛克「繼續越界與轉向，像是竄走於迷宮深處」、「塌陷、捲縮
與收束在任一時刻任一地點（也弔詭必然是此時此地）的幻影迷宮」，
將巴洛克與迷宮連結。那也許與德勒茲論巴洛克有異曲同工之妙吧。
但我才不信這老駱老黃小黃老陳老胡都跑去把德勒茲讀個通透呢！所
以，為什麼是巴洛克？各種詞彙都足以構成小說關鍵字的話，我偏偏
要說這本集子寫作巴洛克，出來的成果是 BAGAJON 不行嗎？當然，
德勒茲也不懂這詞彙，字典裡必然沒有的。BAGAJON，八嘎窘，「八
家將」臺語的音譯。這些小流氓，這些女飛仔的復仇者聯盟還是天地
會弄出名冊來，一百零八星埋在石板下方，等待人來掘，「千古幽局
一旦開，天罡地煞出泉臺。若還放他出世，必惱下方生靈」，那也是
一種小說起義了。可後來我想，巴洛克不一定巴洛克這件事情本身就
很巴洛克，命題者對巴洛克的解釋已經是一種創造了，而小說家再承
接之，他們朝彼此靠攏，或是互相斜開，而讀者於此時介入，三者對
意義的詮釋與發想之重疊或交錯本身就是某種巴洛克。那也許就是字
母會本身存在的旨趣，作者回應來自他領域的命題，讀者回應來自他
維度或他世界的書寫。

讀完後我的想法反而是，為什麼不是巴洛克？

甚至，我想說的是，我所閱讀到的臺灣當代小說，也許都更傾向巴洛克的。

我的假設是，小說的技藝與其演進（在臺灣），和巴洛克分享同一種概念，無論在概念和思想上多前衛，說故事與否，我們的技術演進避不開，包圍之必要，在意義上堆疊、反覆之必要（就算是直線並命中靶心），層層撥開之必要，不間斷且逼近之必要，這樣的訴求啟動了萬花筒寫輪眼，或是鏡花水月——一種人造地獄，藉由情境、意象、譬喻、人物、行動上藉由自小而大、層次、軌跡的層疊與差異性所產生的意義、套圈圈的，俄羅斯娃娃層疊的，洋蔥複瓣往上疊，或把上述一切逆向操作，那運動的本身，其實更近於我們一般人的巴洛克印象：線條繁複的、層次的、摺疊的，透過曲線以之拋轉的、反覆律動的，巴洛克是線條的軌跡，在無數次的前進中錯落和張弛。主要是，巴洛克在發動中便產生意義本身，那和小說的啟動多麼相似。

我想試著舉《字母會 B 巴洛克》輯中部分文章做例子，說明小說演化的巴洛克式與臺灣當代小說的巴洛克操作。現代小說隨著技術和審美的改變，無論是白描、譬喻、形容，或者你說對細節的描繪、背景的精工細造乃至人物穿關或動作，小說會因此停滯——流動的時間暫時停下，作者將視點或段落轉向描述其他——那是故事做為線性的一個摺皺，一個摺邊或凹入。例如詹姆斯・伍德《小說機杼》中提到福特和康拉德都愛莫泊桑〈奧爾唐斯女王〉的那個句子：「他是一個留紅鬍子的先生，總是第一個穿過門」，「留鬍子」、「總是第一個穿過門」是一個摺皺，暫時阻斷故事的行進，現代小說的發展，某個程度而言是在這個摺皺上精工細造，那不只是一整套技術寫實主義存在，與其說這個摺皺、岔路是為了打造如真的幻覺、「肖似擬實」，不如說，他真正的意圖在於令小說成為一種「試圖說服讀者」、「誘引讀者進入」的書寫裝置，「總是第一個穿過門」看似阻斷時空，其實讓

留紅鬍子的先生生動活起來（詹姆斯‧伍德引自福特：「他已被放進來，接下來可以直接做事了」），那是種封包技術，一點一點地要把作者擬造的時代、感覺透過這些字元傳遞給你。直到把你也封入。

　　而這樣的技術，在當代臺灣小說而言，幾乎是基本款了。這個本該是敘述的摺皺邊、線性故事的小摺（以他小說中出現的詞彙「曲度」）、還是時光包巾（如果是年輕時代的駱以軍自己，一定會在這裡不乾不淨講一個黃色笑話吧，小叮噹拿出時光包巾，大雄問，你包巾喔），在駱以軍出現後，俱成為雲霄飛車的一百八十度上彎下甩軌道。連環的摺皺構成整體。在他的小說裡，那個小摺已經不是說明性，或是建立合理性而必須的彈藥填充的助攻，他段落大，強度強，長度長，似乎散落──例如本輯中所收錄駱以軍的〈巴洛克〉，敘事者「我」的穿街漫遊，無論速寫人物，乃至情境，那亂像日本綜藝節目裡藝人表演或是形容別人是往往出現「他好像『活屍電影裡一開始就死掉的人』」、「請表演『公司裡收集點數貼紙意外集了超多的同事』」這類細到顛毫還沒被命名但其實確實正中核心體現腸裡幽微。那些本該是敘事的摺皺，讀者且想這個漫遊，這個敘事要帶我們通往哪裡？（用駱以軍《遣悲懷》的句子來說是「您一定以為這一切不過是我習慣性的，充滿誇張矯飾暗喻的，一封信的開頭」），但此刻這摺皺自身就包含故事，人物、事件、感情，甚至是，經驗。它們的曲度強過直線，摺皺成為主體，這些摺皺所試圖構造的，我以為不是情節，而是感覺，那背後試圖攻克，或是吸引讀者，其實是建立一種共感，透過一種感覺之結構的建立與疏鑿傳達自身所欲言。

　　這其實某方面解答九〇年代到二十一世紀初，臺灣文學獎還昌行的年代流行過駱以軍風，具體而言是形容詞的和長句的增殖延展，那背後並不是忽然對形容的渴求或是穢語症的某種集體感染，而在於，初學書寫的創作者在那裡頭感到某種「創造性」──創造的不是故事本身，而是感覺，將感受、經驗、體會透過這個（「充滿誇張矯

飾暗喻的」）摺皺圈起來，只是未必然如駱以軍成功而已。在駱以軍筆下的摺皺本身同時包含描述、意義、橋段推演、意義的舖成，如此繁花洶湧，臨兵鬥者皆陣列在前，那是巴洛克的演示，而這樣透過文字同時達意傳情審美議論，不正是其他藝術媒介所無法達成，只有小說自己能做到的部分。

多說幾句，駱以軍的〈巴洛克〉尤其要注意，是他再次體現駱的一個病灶，但也可以當他是一個特徵，文中出現「你的左眼和右眼，像螃蟹的眼珠是一細柱立撐而起，分別看見兩個完全不同次元的世界，你可以將這兩幅看見的景觀並置，但無法交之疊合」，這樣一個「視覺被切開」、「不同視覺並置」的景觀（像張愛玲成為顯學後，人們開始研究她晚年「妄想性蟲爬病」因而剃髮光頭只穿飯店脫鞋，將來是不是有人當真去研究駱以軍可能是胼胝體被切開或是腦內某個視覺神經或腦白質之增生或缺乏），其實相似的意象於早期《遣悲懷》《月球姓氏》中便曾出現，歷《西夏旅館》、《女兒》，近作《匡超人》更蔚為大觀，由「你的左眼和右眼，分別看見兩個完全不同次元的世界」如何穿插和交疊，便橫貫了駱以軍的書寫史，駱以軍的視覺世界，一者就是物質——視覺的轉化和共感結構的建立，一者就這個視覺差擴展而成的，此世界種種的「差」——代之差異、隔壁的房間、時間差、愛的錯落、差恥——都可以透過這個眼界、眼史，構成一則微觀的宏觀論述。

駱以軍的〈巴洛克〉中描述老人在酒館中給他看了一本郵票簿：「都不是真的郵票，全是用一種非常精密、幾可亂真的微細筆法，畫在那每一頁硬殼白紙上」，以他的說法是：「花了那麼多功夫，無比細緻地，小局部小細節填色、鉤描，只為了做出這樣一本『對破碎時光蛻物』如波光鏡像的抽換、挪移，『假裝看上去那麼回事其實不是那麼回事』」，如果這個時代有所謂華麗，那應該就是如此，他也直白去定錨這個事件給他的感覺：「你覺得他們冒犯了人類原來應在一種

古典秩序中運動活著的禮儀，卻又自慚自己『再也不可能擺脫這一生注定之平庸』的空洞洞的悲傷。」異於常人、花大功夫於無意義或不相干之物事上，那感受與描繪本身有一種華麗感噴湧，而這與小說後段描述老人與女子「不可能出現在同一個時間平面上，那自然是因為曲度」，俱都體現「不可能出現在一起的事物」卻偏偏並置了，由此導出「他們只是因為不相干的孤寂而被硬湊在一起」那種上升到抒情的嘆息，駱以軍展示摺皺和曲度如何賦格自己，漸次攻克巴洛克這一概念。

此際小說怎樣說故事（或不說故事），有幾個鮮明的範式，借用大江健三郎論述是「把小說分成兩種……用語言來表達某個主題，也可說是描繪某個場面，如同攻打山頂的城堡先要包圍山腳一樣，先墊好底，然後才能達到表達的意圖，我把它看作沙特式。……此外將準確地命中靶心的方式稱作卡繆式。」前者可以用黃錦樹的〈巴洛克〉做一個例子，神祕男子登船入陸，「時間被他偷走了」，凡他所經過之路皆帶來神奇的改變。鐘錶指針在此迷亂，隨著男子步行，總督想起過往情人，女人失去孩子，小孩變成老人，蝌蚪長出四肢……一個段落是一個人物片段事件，背後浮想聯翩足以構成一個身世一則小故事，對照小說最後，男子交給復活的祖父一只沙漏，「時間開始了」，現代小說（那背後整個鐘錶時間的資本主義社會、整個現代）的敘事開始推動了，小說裡頭那些散置的零件構成巨大的齒輪，是巴洛克的故事大廳，裡頭有各自的意義，層次，肌理，細節，其實都是一個又一個摺，這是現代小說如何說故事的一個範式，看一個概念如何被完善，小說乍看是一段路程，但從小說中男子踏出第一個腳印到最後一個腳印，其中穿插是眾多角色自身身世故事，是一個摺皺，而所有的摺皺漸次堆立，敘事體積因此大起來了，意義（與時間）在層疊中完成，像大江所謂「如同攻打山頂的城堡先要包圍山腳一樣」，以黃錦樹自己的話來說，「直到自己成為路徑」。此中所歷路徑反而體現目的。人家叫他黃老邪，但在這篇小說中，他才是小說界風度翩翩的段

譽啊，用的是凌波微步，美在身法之妙，「動無常則，若危若安。進止難期，若往若還」，踏出繁花迷亂之境。

陳雪的〈巴洛克〉寫盲人目盲之前想看盡一切，技術核心有古典的一面，其實也是很巴洛克的，透過類疊的情境（盲人目盲前想要看，一個換過一個），視域逐漸縮窄而風月經歷逐漸放大（遍歷女體，小說中叫出一個又一個女孩身體，乃至最後眼界逼成一線而其老母姊妹皆袒露胸乳，情感與想像的極境），那不可思議之眩目（卻透過目盲來表現）。遇過的女體和所能設想之奇淫巧技，「看的藝術」，豐乳肥臀，乳波臀浪，這樣的疊加，本身就是巴洛克延展向上的拱頂。我相信字數如果沒有限制，陳雪可以無限地講下去，有無數的女人可以用，盲之前碰到女生在那之前又碰到女生在那之前又碰到一個女生……他本身摺出的摺皺可以無限增生。

所以那可以全部刪去也不影響小說嗎？不，我以為陳雪就是說故事的的天才，她的小說和她的扮相一樣，古典美人骨，精緻的顴骨延伸如神祕尊貴的貓面，但妝撲上分明是現代的線條分明。她的小說裡乍看有古典的故事──有頭有尾有中腰，但古典故事的直線敘述讓她拗折，照理說，她的故事應該是「盲人目盲之前想看盡一切」，但她的講述方法卻不是如此，故事開始，盲人已經盲了，在按摩院裡工作，這個故事不是「發生了什麼」所以「變成了這樣」，起承轉合的敘述線被由後繞往前，（故事）結局已經發生了，小說要講述的結局，則是另一個，故事的結局是通往視覺的盡頭（盲了），而小說透過盲人講述，通往的結局是記憶的盡頭與時間的終境「再深入回憶，人生恐怕無以為繼，於是他放開手，讓計時器如常那樣，滴滴滴，滴滴滴」，也就是說，故事摺疊了兩次，在開始時就打了摺，一切發生已經包裹在其中了，此刻她要描述是另一個（對時光思索：不能再深入、人生恐怕無以為繼）。那正是現代小說巴洛克式的展示，透過摺皺，繞圈，藉由軌跡的不同與線的形狀，意義可以比原先膨大。你看，當我們還

在描述時尚史中男人最好看是巴洛克，女人最美洛可可，陳雪一個人一聲不響，走到山本耀司還是川久保玲，以摺皺垂墜，大氣放射出線條那樣自由操縱。她是巴洛克的女神殿啊。

　　所以，在敘事的完成上，黃錦樹只需要走完一段路，陳雪小說忙／盲了半生。但也有人一動也不動。例如童偉格的巴洛克。童偉格在概念上應該最接近楊凱麟或是德勒茲，是迷宮的體現，小說以幾千字書信體「給親愛的眼鏡行」，乍讀小說的人不免有「不過就是一張眼鏡行廣告你就回信千把個字」、「那來個房地產廣告你不就回他一本書」，但「有一個小謎題／說來讓你猜／要是能猜對／就懂得」，這是童安格的歌，一曲獻給童偉格。童偉格的〈巴洛克〉塑造迷宮，由起始便逐一放出線索，無論年少時代跌落空屋的孩子在地上爬行、地上的蟻群、或描述雨中「門廊上留下一道令我尷尬的溼腳印」，這相關意象之疊加，前路迢迢，後望無路，由此體現一座「折返後再次出發又陷落」的直線迷宮。一旦明白小說家試圖說什麼，起始寫信給眼鏡行與否，真的那麼重要嘛？他只是一個不可能回信的對象，而敘事者「我」想回覆或致意的，無非是那個乍離還合，趨近又遠離的「自己」，所以小說「凡我猶能寄存的，都徒然明瞭了」。那樣反覆地由我而至非我，其實都是原地的踏步，卻像鐘擺在無數次擺晃中因為為落差形成空間。那其實是一種內摺，自體朝向內部的凹陷，這也構成現代小說的一種發展方式，但難多了。那是否也是童偉格名句「路他怎麼自己沒有了」的一種體現，這樣看來，童偉格的「路他怎麼自己沒有了」和黃錦樹的「直到自己成為路徑」，兩條路一頭一尾又互相夾纏倒成為切入臺灣現代小說的一個重要鑰匙。

　　就算字母會小說家對巴洛克的理解南轅北轍，但多篇小說的核心卻有意無意重疊，黃錦樹的「時間開始了」，陳雪的計時器，駱以軍「時間平面不可能兜在一起」概念，或是童偉格的直線時間迷宮，他們念茲在茲的，其實是時間。時間就是命運。在小說裡，我們重新決定時

間的質量，估量它的終始，矛盾的是，小說讓書寫者自外於時間（把它拉皺扯扁、在外觀看），但書寫的內容卻自陳無可脫離。那就是這個時代的小說之心吧，對一個絕望（以及其所延伸的：命運、機會）進行無限次的試探與拋擲，我以為那是現代小說真正的零點，小說試圖攻克它，巴洛克也是，巴洛克的字源是「不圓的珍珠」，正是在那微妙的凹摺上，軌跡被改變了，一切的未知都由此。直到巴洛克，神也不能干涉。

獨身國——讀《字母會 C 獨身》時想到的二三事

◉ 林蔚昀

作家，譯者，媽媽。曾在英國及波蘭生活多年，現在回到臺灣，以易鄉人的身分重新適應故鄉。寫詩、散文、小說、評論，最近開始畫「憤世媽媽」漫畫。著有《回家好難：寫給故鄉的 33 個字辭》、《易鄉人》、《我媽媽的寄生蟲》(本書獲第四十一屆金鼎獎)、《平平詩集》；譯有《向日葵的季節》、《給我的詩 —— 辛波絲卡詩選 1957-2012》、《鱷魚街》、《獵魔士：最後的願望》等。

開始讀《字母會 C 獨身》，是在某一天的凌晨兩三點。夜深但不人靜，我一邊等電腦的系統更新，一邊做家事。

有一個月了吧，我常在深夜煮飯、洗碗、打掃。這樣，隔天的白日會過得有餘裕。有了餘裕，家庭生活就少點衝突、糾紛、眼淚和尖叫。

當然是要犧牲睡眠的。長久以來，我一天只睡四個小時，隨著工作愈來愈忙，這四個小時慢慢變成三個、兩個、一個小時，或幾乎沒有。

沒有吳爾芙口中的實體房間和錢，有小孩的女作家，只能在深夜寫作，在寫作中創造「自己的房間」。但，這虛幻的房間也是有如《以我為器》作者李欣倫所說，「零碎飄搖」，不停被孩子的咳嗽、哭聲、待洗的碗盤、爐子上食物的咕嘟聲打斷。

即使在深夜也無法孤獨，即使在書寫中也無法孤獨。因為，比較完全的孤獨需要犧牲，不是犧牲自己就是犧牲他人，或是靠別人來默默、為善不欲人知地獻身，像是黃錦樹〈獨身〉中那個照顧隱遁者，等他回家的姊姊。母親無法允許自己為創作犧牲（要犧牲，也要先為工作、家事、孩子呀），因此無法擁有比較完全的孤獨，只能撿二手貨。

寫作的母親們，比那些可以擁有一手孤獨的創作者，更孤獨，更貼近獨身。雖然，那不是楊凱麟定義的「不等同於荒蕪」的獨身（母親的人生就是荒蕪，小孩帶來的豐富是荒蕪中的綠洲、阿Q、小確幸），

也不是繁花盛開的「作品的孤獨」，而是，一點也不藝術的，沒有人會花時間寫下的平庸孤獨、超商型錄孤獨、餐廳電視新聞孤獨，彷彿駱以軍〈獨身〉中那段過場戲，或是《大佛普拉斯》的行車紀錄器。

陳雪〈獨身〉的小說家在荒敗小鎮遇到自己筆下的女主角，發現現實不是小說，於是停筆他那不幸的故事，讓現實中的女人得到幸福（其實，現實根本不會在意他寫或不寫，這才是最孤獨的事吧？）。然而在現實中，我們不一定會遇到這麼有同情心（或懦弱？）的小說家。身為一個寫小說的人，我也知道把自己或別人的人生當作生鮮素材拿來洗洗切切，弄得面目模糊無法辨識，然後排成一盤美麗的生魚片或炒成一碟紅亮的宮保雞丁，是多麼有快感、多麼令人無法抗拒的事。

不是每個人都會像陳柏言在《球形祖母》裡面那樣問：「什麼是『不輕薄的虛構』？」許多人的人生到了小說家筆下，被變成一個個場景（像顏忠賢〈獨身〉中的無人旅店、廟、廢墟），他們的人生是被丟棄的零件，無人聞問、彷彿被遺忘的老舊標本。這些人還來不及活過，就已經有人幫他們活過了。文字取代了他們，成為他們的 AI（或他們變成文字的 AI ？）。他們被書寫，成為小說題材，但小說不一定會為他們發聲，或讓他們發聲。有時候，當他們虛弱地說：「這不是事實。小說家把我寫壞了。那是虛構的，不是我的故事。」沒有人要聽他們。

聽起來很殘酷，但小說家只是重複社會所做的事。卡夫卡有一篇短篇小說叫〈在流刑地〉，描述一個古老的殺人機器，要被廢除，軍官本來要用它執行一場死刑，最後卻自己躺上去，讓機器的繪圖針在他身上刺字，將他殺死。類似的情節，在赫拉巴爾《過於喧囂的孤獨》中也有，但老廢紙回收工人還可以說服自己是在為文學獻身（和心愛的文學一起被時代丟棄、壓扁），軍官則知道自己無力回天。他躺上殺人機器，孤獨地死去，並非為理念殉道，而是明白自己已經無處可去，只能和機器一同毀滅。

很多時候，當我在寫作的時候，我不知道是我在寫字，還是字在

寫我、社會在寫我。我不確定，我們，這個時代的人，這個時代的寫作者，是以孤獨為養分，為追求藝術而孤獨，還是，我們是被社會／國家機器刺死，還自以為在殉道、殉職？搞不好，社會和國家才是那個孤絕的藝術家？而我們，則是那些被丟進字紙簍、碎紙機裡，或根本在作家腦中就被封殺的字，孤獨，沒有聲音。

如果社會是個創作者，我想它寫出了許多孤獨者，許多篇關於「獨身」的小說。每個人或多或少，都和「獨身」有關。我們有無家者的獨身、礙於法令想成家無法成家之人的獨身、獨居老人的獨身、家庭主婦的獨身、小孩的獨身、異議者的獨身、過勞者的獨身、青貧的獨身、喪偶者的獨身、被監禁者的獨身、離家在外地工作的丈夫的獨身、單身者的獨身、幸福夫妻的獨身。獨身在超商中說「歡迎光臨」，獨身在國道上奔馳，獨身在新年時被問「什麼時候要結婚」，獨身在咖啡廳上網，獨身在看電影，獨身在跨年，獨身在還貸款，獨身在加護病房，獨身被樹葬。

獨身沒什麼不好。獨身可以是創作的養分、是自由、是療癒。英國精神科醫師安東尼・史托爾（Anthony Storr，1920 – 2001）就說過，喪失親人的人，需要一段獨處的時間來度過悲傷，而不是為了迎合別人裝出「節哀順變」的樣子。孤獨可以是豐富、安靜、美好的，只要，那不是強迫的孤獨，只要，那不是孤立，只要，社會能接納這孤獨，並給予支持。問題是：它能嗎？（寫這篇文章的時候，我在網路上讀到，英國設立了「孤獨大臣」，要來照顧九百萬人的寂寞，看來在英國，社會給予孤獨者的支持並不足夠。）

今天，在臉書和自媒體的時代，獨身愈來愈困難了。當人人可截圖，人人可拍照上傳，人人可當公民記者或祕密警察，不管有沒有使用社交媒體，每個人都是潛在的新聞主角，都可能受到公評。於是，我們謹言慎行，或是無時無刻不在表演給別人看（表演內容甚至包括我們的小孩和我們的寵物），為了搶點閱率和秒讚。因為所有一切同

步，我們失去了時間感，思考和孤獨也不復存在（這些東西都是需要時間的）。我們和全世界（真的嗎？）接軌了，但因為沒有溝通討論，每個人都成了孤島。然而在這些孤獨群島上，又沒有人可以孤獨，沒有人可以擁有隱私，因為正如童偉格在他的〈獨身〉中所說，「個人權益亦屬公共範疇」。

在不同的國家，不同的社會，會有不同的、無法和其他國家與社會共享的獨身現象，當然，也會有一些所有人共享的獨身現象。獨身可以是孤獨、獨立、獨特，也可以是拒絕互動、拒絕溝通。有各式各樣的獨身，個人的以及國家的。中國有獨生及其衍生的失獨，日本有孤獨死，韓國有壓迫人的職場文化，英國有脫歐，美國有「讓美國再次偉大」，波蘭有「波蘭人的波蘭」……

那臺灣呢？臺灣獨特的獨身是什麼？什麼是臺灣人和臺灣這個島嶼獨特的命運？

於是，我們勢必要凝視我們那獨特的歷史，獨特的身分定位，獨特的國族認同。這座位於東北亞和東南亞交界的小島，這南島語族的發源地，這經歷過荷蘭、西班牙、中國、日本殖民的「福爾摩沙」，這被中華民國政府看成是「反共基地」的地方，這在冷戰時期被波蘭人視為「海盜島」的所在（在閉關政策下，蔣政府扣押了兩艘運送物資到韓國及中國的波蘭輪船，船員被長期監禁，回到波蘭後，寫了《海盜島》及《我被蔣介石俘虜的日子》，在波蘭大量發行），這有著「經濟奇蹟」，以「Made in Taiwan」聞名世界的玩具、成衣、3C 產品製造商，這一九七一年退出聯合國，在國際上姿身未明的存在，這和世界緊密連結，也被世界拒於門外、遺世獨立、拚命努力想要加入世界的國／非國……

這無法取代，無法用其他名詞指稱、解釋的臺灣。

對臺灣的創作者來說，「臺灣問題」宛如歷史的幽靈，像是《醫院風雲》裡面那個女孩亡靈，或是本土遊戲《返校》中陰森的場景，召喚、

蠱惑臺灣的創作者，附身在他們身上。他們說出的話語，寫下的字句，都有臺灣歷史、文化、政治的身影。這身影可能清晰有如刺青，像在《悲情城市》、《超級大國民》或《流轉家族》中，也可能隱晦彷彿浮水印，像在《幸福路上》、《善女良男》裡。或者，它可能成為一個曖昧又微妙的隱喻，彷彿《複眼人》中因為被垃圾海嘯包圍而受世界矚目、又和外在隔絕的臺灣島，或是黃崇凱〈獨身〉平行宇宙中，和香港一同「回歸祖國」的臺灣省，又或者是他在字母 I〈無人稱〉中那因為神奇力量開始自行漂移、像方舟一樣航向未知命運的臺灣島。

這航行是一種追尋，還是逃避，或只是一種偶然、意外的超自然現象，把臺灣原本釘在原地的「維持現狀」換成一種流動的「維持現狀」？畢竟，在小說中，「生活沒有隨著漂流變得更容易」……然而，這漂流依然是利大於弊的，不管怎樣，是一種改變，或許在現實中亦如是。或許，現下的臺灣，就像胡淑雯〈獨身〉中那個發現「答案不在這裡」，隨即「生出另一份渴望」，勇敢地踏上變性之途的小冠。我們不知道小冠的未來，也不知道臺灣的未來。小說的時間停留在當下，而在現實中，或許我們擁有的也只有當下。

寫完關於《字母會 C 獨身》的文章時，已經是早晨了。當然，那不是接續一開始那個深夜的早晨。這一天無比靜謐，和家事一樣，才剛要開始。

差異與
對差異之抗衡

● 連明偉

一九八三年生，宜蘭頭城人，暨南大學中文系、東華大學創英所畢業。根植臺灣，曾在菲律賓奎松、加拿大班夫、夏威夷卡胡庫、加勒比海聖露西亞卡司翠等地生活，讀著書，窺望世界。喜歡貓，也歡喜狗，喜歡晴日，也歡喜雨夜，喜歡生，也歡喜死的傾向。曾出版《番茄街游擊戰》、《青蚨子》。

　　「差異」做為命題小說的起源驅動，本身即對結果懷有寬宥，然而，這不僅僅指向作品之文字、形式、情節、技藝操作的表面特徵，同時亦指向對於「理解差異」的拆解與重建。重建是歷程與再現，是表述的「有意缺失」，企圖透過強烈、蠻橫、原生的自我詮釋，戮力回應並抗拒此種命題。閱讀者或許可以如此理解，作家千里迢遙地探索意識，即是對差異的最終表白與決絕；如此，敷衍命題之前，必須先行知曉其外在與內在意義，才能從本具差異的存在，演化各自的主軸支脈。

　　差異對照反差異，這是與之抗衡的遠古勢力，兩者時刻顯現。抽高，成為必要的俯視，遠望視野由此漫漶遼闊。在顏忠賢的大稻埕與老迪化街古舊建物中，人們隱身行歷，然而命運彷彿注定，彼此相互糾葛，於幽暗複雜的各種情境飄浮魅影。召喚魑魅或消災之術，隱藏於儀式、法術、符籙之後，必須跳脫文字、常規與線性故事。顏忠賢施展的真正幻術，在於抹除各差異的恫嚇之眼、慈悲之心。神明垂眉，集體所被賦予的明暗瞳孔，紛紛在個體歷經的歷史中叢生各自鬼魅，光影晃蕩，輻射倖存者身上。回憶開展之際，竟與夢境無異。企圖描述的差異，轉化為拉拔時光視野的敞開、包裹與接納，即使那可能是荒蕪怪異的建構背景。所有的殘缺者與沖犯者，一如童女童子，都曾經是「活菩薩」，尚未被挖去眼球，尚未召魔，有著善的面向與本質，進而能對所有異同投以溫柔。

　　同樣，陳雪以差異與互補做為出發，大膽展開一趟互換身體、跨越性別、消弭既定疆域之探究。那是將肉體替換成容器的初階手段，真正表露，乃是摧毀慣習所視的「男」與「女」。性與裸露只是導引，重點是沉浸其中所衍生的同質快感，一種純粹的、超脫的、不被框架的滿足愉悅。被錯置的身分與彼此，從對方身上渴望得到滿足，成為「想像中的男人與女人」──其實，所求的，無非是更好、更完整的人。身體成為浮動的、修改的、可供刪減增添的符號，一如寬容的器皿，混和、糅雜與鬆漆，在欲望的諸多可能中，性愛昇華為精神歡騰。因為差異，而能珍貴互補。

　　「那揮之不去的氣味，是貧窮的氣味。」此句引出胡淑雯小說所欲剖釋，是資本主義下因經濟能力而被狠狠切割開來的階級。殘忍的是，此種差異，不僅赤裸描繪受惠者（貧窮的重障者）的落魄面貌，亦探討施惠者（性義工）所產生的道德困境。表面互惠，實際凸顯各階級的人們，因為彼此接觸而導致的互相傷害、猜疑與對峙。胡淑雯透過兩個版本，一客觀，一小說筆法，明確對照，將兩者間的差異更加具體化、細緻化、顯微化，暴露位階，強化殘與不殘者的身軀，並從性服務的施受鏡像，投射原始的交配欲望。可嘆的是，似乎只有透過某種「全人」的「奉獻」，才能讓傷殘者實踐性愛的可能、曖昧、衝動與進階發展；同時，透過此種消長互動，外在階級方能暫時匿跡，從而細膩顯現男性對掌控女性的原始欲望──那是潛在的內在階級。一切不可不謂之諷刺。

　　黃崇凱所切入的差異，其實是停止差異的積極可能，而這種積極，竟是起因於私我、情欲與倫理上的越界，最終導致一股無甚差別的巨大暴力。「電車難題」是小說中的重要引線，值得關注的，是難題中的犧牲者，從五名鐵路工人轉到一位鐵路工人，再從鐵路工人轉到天橋上敘述者身旁的駱以軍，最後再從駱以軍轉移到敘述者「我」身上。層層逼近，從最外緣的假設性人物，輾轉指向自我，此時，犧

性暫時脫離他者，成為抉擇者的內在風景。敘述者做為一場不倫之戀的角色，以其犧牲，企圖償還、避免、拯救整個可被預見的毀滅；可惜的是，針對差異而進行的強力牴觸，是無效的，因為所有難題都帶有「迴圈情境」的內在殘酷，一旦情欲啟動火車，便無法迴避即將到來的輾壓。阻擋火車的順位，是假面犧牲，甚至近乎一廂情願。告白式的懺情，充滿罪愆，也充滿無法彌補的傷害，最終，所有的人或將無所差異讓毀滅所泯。

差異或許來自時間與空間的神奇之術，駱以軍小說中的女人，不僅遭遇年歲時間的普遍洗禮，更遭遇肉體空間的隱喻揣摩，如小說所言：「那您對於我母親『女性身體』地貌式的抒情偏執，是否可以考慮四維流行的歐式空間之拓樸？」女性身體化身一座時光博物館，蘊含女人女性化的時間，並進階成為發現、挖掘、拓展，甚至是光影明滅的火星地景探勘。在此，隱喻如絲綢裙裾翻飛，駱以軍透過各種不同人物的輾轉揣想，顯露對於同一人物的情感差異，對列相較，如同實驗，其中包含兒子對母親、年輕男子對老邁女人、眾男子遊走探入傳奇女子曾經擁有的春光白露時刻。殘忍的是，所有的情感都有著時間上的隔閡，是一種不在場的花憶前身，關係的貼近、重疊與親密，竟一一轉化為偏執式的空虛探勘。女性身體必然歷經的遙遠與嶄新時光，如此悲傷，已是物化，只能成立於他者兀自揣測並注定謬誤的差異之中。

被截斷的部分，竟然成為充滿夢魘的生命力，這種對形體的變異，挑戰既知物事、觀念與世界運行的表面定律。寫實，卻也如夢似幻，南洋日常時刻隱現，平靜生活暗藏殺機，潛藏性與暴力。黃錦樹所欲推衍，是時代暗處的凶殘，此種凌虐，時刻誕生肉體殘缺、不被記憶、難以被具體描繪的缺位者幽魂，如同詛咒。詭異的是，幽魂並非只存於感知、想像或緬懷，相反的，更可顯現為一具有創造能力的實體，如手的幻化，成為殘留的遺體，成為螯，成為滿足母親欲望與

情感的見證，成為歷史的記載器皿，成為施暴者與被施暴者，最後指向由死者牽引而出的鬼魅歷史。「牠舉起紅色的巨大的螯，飛快地橫行進沼澤，把爛泥巴裡所有的澤蟹都強暴了——不管牠是公的還是母的。」如此，千手觀音開啟以萬物為芻狗的無情觀照，所有的差異都將被迫變形，或者瞬間覆滅。政治與歷史不斷對存者進行各種考驗、羞辱與虐殺，不管是肉體或精神，均可能在無意間遭受吞食。此種殘酷，帶有明顯指涉，小我終究逃不過被這幽魂無所差異地糾纏、侵蝕與迫害。

當世上最後一位莫拉亞人認真閱讀自己的夢，所欲開展，便是企圖閱覽整支族裔的興衰，然而，小說並非聚焦歷史事件，而是以個體的存在、行為與思考，投射整個形塑「我」的長遠背景。莫拉亞人與女孩，不僅是人和人的區隔，更是一支族裔與另一支族裔的相逢，此中同異紛呈。莫拉亞族裔所懷抱的最後一位莫拉亞人，如同莫拉亞人所懷抱的最初與最後的回憶；同時，被視為對照的女孩，邊境小城所懷抱的女孩，如同女孩所懷抱的生活與夢境。隱喻中的隱喻，真切蘊藏於另一顯微，關於蟲卵的吞食與孵化；或者該說，被大我咀嚼消化的小我，如何再次展現其可能意志。「一切當然只能是場微物之夢，發生在相對的高處，與一切人無所回溯的底層。」內裡的內裡，存在尚未被同化的私我，是那樣美麗且拒絕逝去的獨特，讓人與人之間的相遇，因為差異，進而可能被想像與理解。族裔中的最後一人或許不再寂寞，乃至延續，如同小說所言：「她總懷疑那隻野蟲，一定懷抱了更絕對微小的什麼：其實是它，借穿了一切，借來了長泳與飛行。」童偉格的微物之觀，是俯視照看，亦是由小我向整個宇宙逆風穿行的探看之術，不欲積極承認或否認其差異，而將種種視為自然。

觀察諸篇，不難發現，小說家們從敘事的實驗切片，引出個體差異所帶出的觀看局限，亦描述因差異而造成的理解與暴力（從肉體過度至精神，再讓母題統攝），乃至，從中投射微觀與宏觀之間的世

界運行藍圖，小說家們嘗試以小說為證，切入差異，或被差異切入，巧妙探討重要的生活與生命課題。在此，差異施展容錯而成為旗艦號召，不斷演化，蓄積力量，使人、事、物紛紛容身文學內外。最後，經由多方建構，竟難能可貴彰顯小說無可取代的「容積」，這無疑是對差異的捍衛，同時亦在過程中，誕生更高層次、對於闡述差異的無所差異，最終產生關懷的內蘊力量。

差異最初養成，有賴自身的封閉、自足與護衛，然而經由對照，逐漸形塑其認識與概念，進而開展彼此往復再三的激烈辯證，隱藏其中的，著實帶有個體詮釋的危險。指認、分野、辨識，以及深淺思考而得出的種種證詞，都顯得潦草、粗糙與歧出，近乎偽證。然而，奇特的是，正是透過審視、探討與攻防此種偽證，而使其內在危險，轉化成對缺陷自身的餽贈。剝離隨時崩解的表象，進階以差異磨合、透析與收束，無論聚焦個體，或散發多重視角的交互光芒，無不知其異同，從而窺探人世流光的星象、地貌與浩蕩長河。

讀者一再察覺，便是小說中強烈的揭露、悖反與對抗精神，因其差異，力圖顛覆，並且包容自身的顛覆——那無疑擴展了命題，反覆確認差異與反差異所能開啟的各種蓬勃意義。

事件的
毀滅與創生

◉胡慕情

記者。養貓之人。曾任台灣立報文字記者、獨立評論＠天下「現世」專欄作者。主跑環境議題與社會運動，現為公視「我們的島」文字記者。著有《黏土：灣寶，一段人與土地的簡史》。部落格：我們甚至失去了黃昏。

我在生命中一個又一個接續而來的文字沙堆裡究竟寫了什麼，那堆沙此刻看來距離生活裡的沙灘和沙漠，如此遙遠。或許應該懂得見沙如沙，見字如字，我們才有可能理解世界如何被碾碎、被侵蝕，在沙中觀看世界初始的樣子。

——伊塔羅‧卡爾維諾

表面來看，現世已非賈西亞‧馬奎斯所描述的：「很多事物還沒有名字，必須用手指頭伸手去指。」實際而言，字詞淪為鬥爭、逐權、競利的工具，喪失最初命名的純粹。做為一名必須與時間競逐的寫作者，這幾年，經常深陷困惑：我與他者對物事的認知是否一致。

記者無庸置疑是事件的作者。組合人、事、時、地、物與脈絡等元素，將事件呈現於閱聽眾眼前，期盼事件擾動，製造改變。年復一年，企盼始終未能實現。這不單是政治干擾的影響，亦非文字本身因脈絡差異所產生的歧義——新聞寫作事件的效用未能發揮，與語言使用者匱缺對話的想像有關。

想像匱乏，使人、事、時、地、物等元素，僅被化約為組合可閱讀篇幅的工具。工具化帶來的後果，是寫作形式因可被拆解所衍生的大量複製。複製意味真實中的人之面貌可能扁平、單一，情感衝擊也將因贗品的重複而遞減。當寫作者因上述循環所困，則將被迫追逐更新鮮、獵奇、聳動的主題，而誕生了卡爾維諾所稱的「瘟疫」——人

類使用詞彙的機能被消費主義壓制，句子的鋒芒因而被吞噬，時間無法生成、遞延與記憶。故事，與事件，未能發生。

這現象並不單單於古典的新聞寫作浮現——小說與新聞的寫作元素重疊，只是後者被賦予解決問題（至少要致力於解決）的任務。儘管如此，解決並非必能抵達的境地，精確而言，至多只能提問，或是使他者看見。提問與看見，呼應文學做為差異性事件的本質。由此所指向的，是關於字的核心，意即思想如何存在。

近年因傳媒平臺改變、非虛構寫作興起，文學與新聞的邊界益發模糊。當社會愈發關注現實，亦一定程度影響小說寫作的取材與設定。挪移真實事件為發想的寫作所在多有，但邊界模糊所生的蓬勃書寫，仍常陷於原有窠臼，或反覆呈現陳舊的觀點與想像。差異仍不可見。意味我們愈來愈難從寫作者對一事件的描述去探索更多未知，並反映出，寫作者須面對字句所欲展現，及其能夠指向的地界為何的天問。

楊凱麟以「事件」為題發出挑戰，質問寫作者該如何穿越曲扭、不透明的狀態，為世界重新賦形？他拒絕寫作者以單純的故事元素、現實複製，或奇聞異想來完成作答。楊凱麟將小說等同於事件本身，是逼仄寫作者面對混沌且複雜的情境，要求寫作者如莫邪鑄劍，將自身投以炙熱的火去熔燬、鍛鑄，以有魂靈的詞彙為工具，重新鏈結可見與不可見、在場與不在場、欲求或懼怕的一切事物。

換言之，楊凱麟給出的功課，並非讓事件從小說的寫作形式中被剔除，而是透過指出文學故事總是被迫走入結局的有限性，推促寫作者回頭檢視形式與「事件」的關係。要求寫作者重新定義事件這個詞彙的本質，透過繁複的重構，展現「人」的主體與思想的形貌。

如同呼吸深淺、頻率因人而異，事件必然茁壯於個人不可歸類、難以化約的獨特內在。對事件的書寫，勢必需要寫作者的自我詰問與推翻，才能凝煉出啟動文章的核心，乃至於風格的創造。

注視時間，是凝煉的必要條件。事件是時間殘留的暗鉤。是生活

節奏中，倏然湧現、掐捏鼻息的頓點。聽起來像傷，抑或接近死。從表面來看，溢出日常。實際而言，不過是生命耍弄的詭譎。若嘗試放慢呼息，會明白吐納間本有斷裂。人以為非比尋常的其實一直潛伏在生之裏，等待有朝一日獲得覺知。

在此框架下，事件同時是一場測量：用以發現、估算，或確認，事件中所有涉事者彼此間的距離。換言之，事件是混沌裡另一靈魂知覺自身的觸媒。單一原子因而展現、延伸，並成多元的融合。當人有意識地對時空進行叩問，便能洗刷舊有的定義，又復定義。爾後，被事件寄生的言說者之邊界獲得拓闢，同時，進行擾動。

在《字母會E事件》中，陳雪描繪一場沒有真相的祕密、胡淑雯是一起不可告人的舉動，至於童偉格，則直截了當地讓主角陳自承為一個「沒有故事可講的人」。三位寫作者的設定都以否定為椿，但否定仍不脫離「曾經的存有」。從其寫作鋪排可以發現，寫作者意識到時間確實經過、述說否定的「人」仍然徘徊。他們透過描繪時間與人的交互作用，將這隱匿卻不會消逝的元素，做為「發見」路徑的基石。

讀者踩踏其上，得以窺見小事件與大事件因糾纏而繁衍的火花、暗潮與寂闇，並於角色的私體驗和公眾背景間，感受獨立又互相滲透的複雜。寫作者渴望激起騷動：因當每一枚意願閱讀的靈魂，都能感知事件的冒現，便可能誘發語言／肢體／影像／音聲，去探索外在對不同個體的增添，串連碎裂的元素、修補成鏡——小說於此才真正創造了自己的運行軌跡，跳脫僵化現實的經驗時區，映照出有別於往的面目與景象。

陳雪在字母E裡描述一位少女於飯店大樓中驚慌失措的尋覓，凸顯事件總帶有引人身陷恐怖迴圈的特質——電梯裡，少女疑惑究竟要按下哪一樓層門板？「我想起沒有六樓」、「我想起電梯裡的數字沒有四，到底該往上或是往下」、「我想起當初按下六是因為生日在六月」、「那麼我也可以選擇三樓，因為我是三號出生的。但我依然帶著弟妹

匆忙地穿過走道憑著直覺往樓梯間上走」⋯⋯

　　生日象徵存在。存在是什麼？「我」是什麼？事件發生，鞏固「我」的支架被拆解得支離破碎，當重要他人不在場，「我」於是被拋出軌線，成為時間的幽魂，飄浮空中。

　　魂飛魄散是終局嗎？陳雪的答案否定，透過事件的發展，展示如何附體：她透過臺灣社會對建築裡樓層「四」之於「死」之諧音的避諱，暗喻想像使逃逸有多元可能——你往上爬，縱然路途顛倒，但會有門，哪怕門後的景象是一起怪異的重逢。

　　那樁重逢是否真實？陳雪在小說中設定少女主角對那場追尋的質疑，是某程度的後設視角，呼應著楊凱麟對於「事件不只是想寫個人、家族、性別、殖民與國族的奇聞異想」的定義。然陳雪拒絕對現實的絕對複製，卻也推翻「小說」與「虛構」間的僵化鏈結，從而揭示，關鍵是提問如何在場景中被設置、被發現、被尋獲，而小說家又是如何接住經驗與感知中，連綿不絕的事件暗號。

　　「母親在嗎？可不可以找到母親？」母親消失後的短暫重逢，即提問，即事件，是一樁連環詭計的前奏：事件現身的目的不在尋回母親，而在要求理解：母親為何不在，家又如何傾頹。

　　答案不是有了嗎？小說開頭不久這麼寫：「十歲那年父母與朋友生意投資失利，破產倒債，母親因此離家到城市裡還債。」但這答案多麼粗糙，答案揭露的段落之前有這麼一句，因為「時間因素，她像簡報似地盡量縮短語句」。

　　時間造破碎，破碎生荒涼。荒涼感受阻隔人與人。少女幾乎不識濃妝豔抹、法拉頭、穿著誇張墊肩的女人。但當少女細細分辨時間的殘酷與眷顧，她發現母親有一抹哀愁的微笑如舊。

　　為何如舊？為何哀愁？嘴角的弧度再度成鉤——哀愁並非來自門扇後的歡愛呻吟，少女直覺的醜陋亦非腥臭。如果曾被少女在倉皇尋找中，仍擔心和母親、父親永遠地分離感受所震懾，讀者將清楚意識，

哀愁來自警察捉捕所象徵的權力、結構與控制。那不可言說、必須隱於門後，卻所有人都心知肚明的悲哀來源，腐生於小說裡所有被細細描繪的城市（飯店）風景：小精靈與瑪莉兄弟遊戲機檯是臺灣錢淹腳目的瘋狂年代，而追逐金錢所衍生的束縛，即是落筆一開始的地景：目前對他們而言還只經歷過從機場到酒店的嚴重塞車，從酒店房間走到各個樓層吃飯或開會，看不出城市面貌的移動。

敬華飯店是臺中市中區的老字號飯店。然其在此出現亦可影射小說初始的地點，深圳。悲哀並不源於母親的沉浮，而是一代一代人，對無有差別城市幻想的臣服。此一壓制凌越國族，老鷹合唱團的《加州旅館》響成背景音：「天花板上的鏡子／冰鎮的粉紅色香檳／她說：我們都是自投羅網的囚犯……」

傳唱近永恆的《加州旅館》結尾悲愴，蠻橫宣告：「你可以隨時結帳，但你將永遠離不開這裡。」而陳雪在小說末尾，描述「我們三人，確實都是被遺棄的孩子了」。看似封閉，卻又峰迴路轉：儘管傷害確實發生，傷疤的幻痛往復重來，但在尋母過程的漫長時間內，少女對遺棄已有了層次的理解。

同是少女主角，胡淑雯筆下的少女小海，不若陳雪的少女，在吞嚥、消化事件後，經頓悟獲得能力，而可能成長新人。相反的，胡淑雯透過小說開頭「十一歲那年，小海做了一件不可告人之事」這一句話，轉化敘事時間，製造近似時光膠囊的封存空間，將少女小海這個歷經生死搏鬥後的傷重倖存者包裹在內，以此讓觀者顫慄疑問：小海是否由妖「成『人』」？

場景開始於一間尚未開幕、需有手腕與能力才能進入的遊樂園。但胡淑雯未曾精細雕琢樂園的華麗夢幻，她讓「所有的機器只編了序號，還沒有名字」，仿造《蒼蠅王》裡孩童大逃殺的恐怖孤島。小海不明白「花錢只為了享樂」，但小海依舊入境隨俗。短短一段，即揭示資本主義對童年純真的侵蝕與異化，事件意欲戳刺的核心宗旨。其後

的篇幅，皆圍繞上述主旨，進行拆解與說明：孤島的恐怖何以生成。

恐怖是一連串的狀況疊加——小海遭遇的泳池霸凌、樂園即將關閉，眾人返家前列隊於廁前的面具扮裝、只在末端收拾管列秩序現身的老師……但這一切的基底是小海自己。是「多少害怕跟大家不太一樣」的恐懼，人對自己身分的歧視。

自我歧視來自繼承：始終乾燥的童年、不會游泳的母親，強欲讓小海繼續沉浮於浮腫夢境的想望；一如其他同學對小海的輕賤，是承襲家長賜予的正統泳裝，而有了名門正派的氣勢。這些對比，喻示階級的強橫與翻轉之艱困，殘酷透露：兒童一切行為實是成人世界的延伸。

契訶夫對戲劇寫作曾給出忠告：第一幕出現的那一把槍，必須在劇終時擊發。胡淑雯早在小說初始就暗藏了一把手槍——夜裡興奮睡不著的小海窺聽了父母的爭執，這使小學五年級的遠足如同一場「提早的畢業旅行」。小說中段的不可告人之事因而不是偶然，而是必然發生的狀況劇。

樂園裡發生的一切都是鋪排，它們是中段那樁縝密髒臭計畫的墊腳石，好讓踐踏童真的宣告理所當然。透過屈辱的排泄，導引讀者得知心眼的誕生地，使那看似平靜無波的順暢解放，化身成為狂妄的報復，掀開現世裂隙所在，讓人知覺：裂隙是通過人的無知而擴大，並於一平凡無奇的瞬間，使人墮落跌墜。

胡淑雯並未單向指控結構。小海是她思想的宿主。透過小海不可告人之事的發生，寫作者意欲探索的是人的能動性。角色設定非男而女，才能使不可告人之事啟動於「收縮、陣痛」的節奏裡。表面看來是排泄，但也可投射為生產。當小海終於完成那不可告人之事，槍聲才響，回擊小海，讓她在與同學的問答間，驚覺自己即是自己祕密生產的穢物——出遊那天早晨，她無端地取笑了鄰居賣魚的輟學大哥哥，要他改名。

假期結束了。在擁有一個名字與編號間，小海是否有路可逃？胡

淑雯讓小海因想像力與技巧的局限，而成無臉之妖。故事暫時終結，但槍聲的餘響仍在，妖為人類不容的存在，而面具尚未完成。小說的最末是一刪節號，勾引讀者撰寫句點。

童偉格的 E〈事件〉，跳脫「我們的村子其實就是道路上的一個點，一邊是基隆，一邊是北海岸風景區……住在這樣的地方，大概免不了要離開的」的狀態。童偉格並未直接標注地圖上任一可供辨識的名字，相反的，他藉由對地理充滿包覆的細節描述，來襯托「記性差的人，似乎比別人多了一套自我保護裝置，當真正的災難降臨時，他總是無法清楚地記得事情的經過」的背景緣由，將過去埋伏在寫作的狀態與思索，透過一場馬拉松的開跑遞延開來，淘洗出書寫地方生命紋理的可能。

過度生產而落得棄遺的瓶裝水、香蕉、小番茄、一口裝巧克力，是馬拉松發燒熱蘊含資本主義的象徵，童偉格筆下該條敞直的濱海路，即是一班不斷前行的現代列車，開演沒有回頭、只許向前奔馳的競賽。這條路的開拓史，亦是陳的爺爺的生命史：銀亮的燈未必能照清視線，陳的爺爺騰空摔落，在柏油，非地土，傷重的人再無能爭取，「至死都將是無土之人」。

縱使陳的爺爺勤勤懇懇，在任何畸零、邊緣掙扎存活，但當人不被歸納、隸屬那濱海路上歡快撒腿的一分子，便將成為被蔑視的群。童偉格抽絲剝繭，分析人與地如何被拋荒，致使離土之人成為冗餘、無人諦聽。

讀來哀傷。但童偉格的腳步沒有停滯。現實中對文學的堅持與思索，一定程度投射在主角陳的角色塑造。他透過陳因爺爺而戒除了偷竊習癖的故事，改寫結局。

若溯古，馬拉松是一平原地名；是波斯帝國與雅典城邦的戰役；是以寡擊眾後，倖存士兵費里皮德斯為宣告捷，漫長奔馳、死而後已的歷史與記憶。這場戰役的勝利影響極大，保障了希臘城邦的獨立和

安全，亦影響希臘文明免於被近東文明淹覆。然一八九六年，馬拉松成為第一屆奧運的正式項目後，即被披上民族主義與愛國的公共展演外裝；在一九八四年洛杉磯奧運引入企業贊助並出售電視轉播權後，馬拉松則迎來資本主義的入侵，於近年變本加厲成為城市行銷、企業形象打造的工具。

符號總因時間與人的雙重作用，充滿更迭、遺忘、歧義或錯辨。但倘若寫作者具備強韌內省與細緻的觀察力，則可摒除雜質，重新萃取應被保留的物事本質——無論古典或現代，馬拉松的完成皆需憑藉心志的力量。童偉格藉著一寂寂無名者陳的眼睛，暴露資本於地域所加諸而成的改變風景，並將陳的孤獨行走，複疊於馬拉松之上，讓同一條路，承載資本／勞動兩種相互悖反的生命時間。在對比中，陳的故事因而連綴了歷史的痕跡，並因其對自身歷程的反思，開拓出一條向著未來延續的路。

長大成人的陳成為一名送貨員。帶著對年少偷竊的反省，在夜半於濱海路上獨行。童偉格讓陳有意識地選擇這項工作，將見證、反思與體驗之必要包裹在內——「在這全島境內電壓最強的地帶，走在一線未及鋪上瀝青，被照得光影不生的碎石路上，像一個過於富有，於是終不知將要竊取什麼的賊。」必須親歷資本吞食所製造的巨大反差，陳才通透爺爺所說「你不要做那種連土地公都害怕的人」，而願意贖罪一般不斷重返冷寂的濱海路，而願意年復一年，在母親的訕笑與奚落中，想著如何哄爺爺進門，屆時，陳才算「會聽也會說人話了」。

但「這說來困難，只因似乎，在他一生中，在夢境裡奔走的感知，比在光天化日下晃遊的，對他而言，要來得具體與確切許多。更多時候，他會深記的，是某種接近閉眼的感知，或者，某種全身涵容他，卻並無景深，亦缺乏變化的不知冷熱」。因而，需要具象的轉化、字詞的多面。

童偉格通過陳前往妻的歷程，讓馬拉松負載歧義，使「千萬條腿

歡快灑開」的濱海路，蛻變成為陳在時間廢棄場裡的持續重返。而這持續地重返，則進一步牽引出陳的爺爺的一人馬拉松行旅。童偉格形容，陳的爺爺將他人的冷待、命運對己的吝惜，一次次地編派進過於和暖的笑談裡，那是非不得已，且是「人間常態」。但這不是童偉格所欲呈現的主旨。

陳的爺爺，有托爾斯泰筆下傻子伊凡的影子。鄉愿的行為，是因信靠腳踏實地，對善有盼。陳的爺爺的一人行旅，述說了徒勞的必要——因每一次重返，就是對時空的一次擾動，與叩問。希冀會有一天，人能警醒，反省現代化與人際疏離的關係，共同打造包容寫與銘記，述說與聽的場所。

可以說，童偉格的事件寫作，並非僅是描繪「當下」的靜止狀態。而是藉由對時間的凝視與調度，讓事件具備動態感，而拓展出同時能指向過去與未來的維度。在這被開闢出的空間場內，藝術、科學、政治與愛，才開始相互激盪，創造消解現代化帶來的解離，展現共同存在本質的能量。而亦是在這複雜的軌跡之間，主體以雖然有限卻明確的形象，真正誕生。

整體而言，三位寫作者展示了對有限的無所懼怕、明白事件將同時擾動毀滅與創生——裂損鏡面的曲扭景象，依舊可以成為存在的薄弱礎石，樺接歷史輪軸，淬煉並繁衍意義。他們並不將事件視為一殊異、奇特，如廣袤星域裡的一顆超新星生成現場，相反的，他們勤於在重複之中挖掘差異、於日常中洞察詭譎。透過事件的寫作，勾勒出城鄉變異與資本主義加諸於人的變化。並藉著變化的展示，喚醒讀者對生命的生成性時間的反省，使讀者領悟，事件是透視的工具，而世界即為事件發生的場所。

這是極為深切的，對文學的信：儘管悲劇的話語持續居住在「這邊」。但只要有人仍願走在時間的海岸線上，仍能召喚，一個從未有過的季節到來。

時間所予

◉賀淑芳

一九七〇年生，馬來西亞人。著有短篇小說集《湖面如鏡》、《迷宮毯子》。獲得臺灣國藝會馬華長篇創作補助。

　　每個人身上都背著一個房間。這件事甚至能藉傾聽獲得證實。見有人疾步而行，只要側耳傾聽，例如在夜裡，周遭萬籟寂靜時，你會聽到，比方說，牆上一面沒固定好的鏡子正在晃蕩。

——法蘭茲‧卡夫卡

　　夜晚像一朵花那樣盛放在卡夫卡的書裡。班雅明曾說過卡夫卡的寓言，像來自一個遺忘的大容器。我想這意思是說，他寫出了那種別人只能隱約感到，可多數時候忘掉的東西。身為讀者的我，只能讀到這些淌過時間的句子。句子產生的緣由逝若星光，那其中不可言的，從沉默敲出的聲息，一直持續。它理應來自作者肉身之我，但讀起來，也像是他者寄放此間的事物。

　　黃錦樹的小說裡，也有一棟過去的房子。虛構與夢境如套盒般，套疊著更久以前的書寫，也裹入早年生命的場景。如阿根廷作家薩瓦托說過的，虛構與夢境之不同，不在於連不連貫，在於虛構有表達的出口，而夢中所發生的都封鎖在夢裡。虛構的表達總是，「我不在場」，才成其藝術。夢境不受肉身與時間羈絆，可以無限地朝向過去與未來，有如預言與 déjà vu。

　　文學常以夢喻茫，如莊子迷夢。即或如此，夢裡的意識有時也異常清楚。彷彿覆罩心靈的薄膜揭開，因此分外有著現實裡所無的清晰。或許，就在這個層面上，虛構的創造因此與清醒中的造夢有點相

似，以自身的語碼，表達出事物異於表象的樣子。小說中的我，來到無岸之河，繞彎河流。大霧，划行。周圍的音調變異，景物左右調換，彷彿霧中有個缺口，卡夫卡自鏡中浮現穿越而過。夢中浮映的方修符碼、固非現代所欲依歸；卡夫卡的文學語言其實亦是挪借，一切陌異剝離。這裡沒有符號可以憑藉或承襲，承襲本身乃為幻夢，即或逆向的，如他早年的小說〈大宗卷〉（那消耗後世存在的祖輩歷史整理，一陣輕風吹過之後，我「不斷的稀釋，終至化無」）。虛構以夢一般的形式縱潛，從終結開始，臨界一切的空無與消散。

大霧讓我想起安哲羅普洛斯。他的電影幾乎都在講述邊境的故事。主體穿過茫霧，跋涉到邊境。從主體消散之處，才顯見歷史與存在的關係。如同羅蘭‧巴特說的，人的遭遇不能超越歷史。在鑿述歷史的語言符碼背後，有個他者化的空無在吞噬一切，使得所建構的話語秩序，都變得無意義。

黃崇凱小說裡，那幾近沉沒的吐瓦魯，一個將要消失的島嶼，彷彿是歷史浮顯的空白，也像盤據人生而無所尋的空白。讀著那細細描敘吐瓦魯人兩姊妹，在那以後倖存於臺灣島嶼上的生活，雖是偽史之文，卻覺得那行文中可見與不可見的，所言與未言的，都可曉可感，閃爍微光。句句之間，好像能見人之存世的揩塵。我僅有數年的異鄉生活，幾乎都快遺忘了某段時間與心情，與之行行呼應。某個傍晚坐在麻麻檔讀著，竟覺得無法自己。

在《齊美爾：生存形式》裡，北川東子寫到，在電車中人們雖然一直對坐著，默不作聲地互相注視，縱使在這麼尋常的生活場景，彼此看著他人的視線也可能會彎曲、或歪曲。「人在什麼時候，或許就會看不到他者，而且存在於他者之中的我，也會消失。」

人際之間，無法交流的時候，多於能夠交流。但又不能不以這充滿語義分歧的語言與符號來交流。如果能夠打從心靈深處與人交流，無論是誰跟誰，那都是罕有的奇蹟。大部分時候，人際之間僅能到此

為止。那麼，為此，虛構本身，或也延伸這份人在語言中的命途。並非「他人就是地獄」，因欲接觸他人異己的存在，就有語言，這意願實始於愛。恰如波赫士〈帕拉塞爾蘇斯的玫瑰〉裡那場失敗的對話，衍成另一場交流在讀者與書本之間延續。如同玫瑰被焚為灰燼僅是表象，實際上玫瑰依然存在，人所願意相信的，總盼它閃耀不滅，為此尋求符碼，以穩固之，以安頓之，可是文學符碼所編的已不同實質。如楊凱麟所言的，文學總在當下開展過了，其影響雖會消失，卻也不以此為特質，文學雖非真實，卻也並非虛幻。現實本身，也並不比虛構更不虛幻。

虛構穿越虛構。只要運用符號，即能生虛構，像波赫士書中的鏡子迷宮。虛構的逸離，像沿著一道圓圈遁走。那尋找失物時，回身、環視、迂迴展開的弧線。

在胡淑雯原題為〈鏡子〉的小說裡，有一道這樣的線條，「小海學會了旋轉。」改寫了他人在她身上刻寫的意義。女孩出門，上街，在日常重複的路線中，隱然有著什麼，正被未明的外邊所偷取，或自己也偷取，一點一滴的，像暴日底下的陰影一路緊隨。對於女孩來說，並非是那些已經說了的，反而是那些未曾說過的，似有非有地定義著「我」。

可是，「我」是什麼呢？在他人眼中的我，是怎樣的呢？在這與他人共存的世間活著，「我」實際上無法對他人的存在無動於衷。

虛構有份偶然的凹摺。偶然遇見和善的人，感受到他人身上的善意。是偶然而非僅憑主體意志的控制，帶來奇妙的應答。雖然這一切不免透過語言，自意識初來，語言就在，宛如鏡面。這一切固難確定，而無法預見的偶然與改寫還會一再到來：「未來，在時間的深河中，這不斷迴轉變身的過程還要繼續，有無數三百六十度供小孩不斷轉身，由舊裡翻新，一再一再離開自己，再回到自己。」

如同傅柯在《詞與物》所言的，「人一開始就被迫在語言裡安頓言與思。」可是事物不能在話語裡穩固。在《感覺和所感覺的事物》裡，

奧斯汀探究對「實在的」（real）知覺的本質，說語言連一根頭髮、一尾魚、一枚花瓣與線團的顏色，都說不準。於是我們以各種數量詞，一朵、一塊、一片，數數天上變幻的雲朵。恰因模糊，如抒情之豐礦。如同雷可夫與詹森《我們賴以生存的隱喻》所言的，隱喻滲透語言與感知。語言像光，它照亮所指，但同時那光照也盲蔽周圍的深濃黑暗。倘若有物沉藏於語言的陰影裡，就會讓人覺得這物件本身即為陰影。

　　有時候，虛構中的不可說，是因為那構成藝術的祕密，猶如波赫士〈鏡子與面具〉篇裡那個震懾聆聽者的詞彙，一旦道出，筵席就得終結，詩人就得死去，國王就得流放。雖然題表為詩，但何嘗不能為虛構？波赫士為著這極限的想像，不斷複寫成寓言。或許正是這些背後隱蔽的，才道出何謂文學。希臘往昔已有《釋放普羅米修斯》神話劇，其中有個版本，以預言的方式，道出後世將會有因為愛，而罔顧宗法執意結婚的亂倫者，他們生下的後代，未來將會把普羅米修斯從宙斯的囚禁裡釋放出來。故事幾乎大無畏地穿越禁忌，彷彿也就能夠喜劇圓滿地消拭了禁忌。然而敘事又不能承擔這結局，在說出預言時，同時也拭掉了它實現的可能，因而成了空無的預言，成了虛構中的虛構。確實這一切，已經陳舊了，遙遙遠去。但這版本還是讓我想起了《百年孤寂》。我以為，無論什麼時代，虛構確實有這樣的快樂。縱使它的源頭是創傷，虛構依舊讓人振奮地愛著表達，以及探索創造表達那不可表達的可能。如楊凱麟所言，虛構是高度迴摺的書寫。是真是假，與卿何干？像胡利奧·科塔薩爾的小說〈我告訴自己的故事〉開頭的第一個句子：「當我獨睡時，我就跟自己講個故事。」彷彿心頭上有個敘述者，欲從語言中獲得彌合。跋涉漫長。如同瑪格麗特·愛特伍在〈帳篷〉裡問，「這樣的文字何以能保護人？」小說沒有情節，沒有角色，只剩下了畫面、句子、聲音，只剩下了「說」：在一個廣袤寒冷、呼嘯狂響的荒野裡，人在一個紙糊的洞窟裡狂寫，一邊寫，筆尖就一邊把紙張劃破。寫的人一邊從破洞往外偷看，一邊害怕又一

邊繼續寫。

在童偉格原題為〈虛構〉的小說裡，這把「我」的聲音，真正成了虛構的聲音。「我」在初雪時節，把她和丈夫在異鄉相依的年年歲歲、季節時日再度回憶。如潘怡帆說的，是虛構的語言賦事物以意義。在嚴寒的異邦，降下了「真正意義的雪」。伴隨著這樣的嚴寒，「我」的提問裏起《李爾王》的嘆息：「唉，不要講需要——」圍繞著那終其一生「他人都覺得不需要」的需要，前前後後地問：「我可以更寬容自己一些嗎？年老的我，是否可以說我只需要一點類似於此的迷亂，而不再需要在意他人的判準呢？」「站在人類年齡的高階，逐年還要更老的活人先鋒，老太太我，是否能決定自己的需要了呢？」句句澄明。起伏繁複，彷彿時間所予的，通通具在。這無以言詮的感受龐鉅，卻真正是情感自然的樣貌。〈虛構〉以那裏藏的、層層疊疊的語言路徑，呼應著那當中之不可斷言、語言難趨的謎團。像一個人持著筆尖，從窗上描摹捕捉外邊起伏的茫霧，可是實相沉逝於語言忘川。〈虛構〉的語言，宛如雪地寒光，透見這無可能簡單道說的狀態，如此，也就幾乎度越到那屬於「說」的內在的真實。小說裡有這麼柔軟的話，「我只是在專心等候……」僅僅只是默念，就彷彿能喚出，將要把心中寒雪融化的熱流。然而，猶如童偉格自《西北雨》以來，對生命的平寧洞悉，所有的真實與虛構，人與人之間的相伴，終歸都要星散。「如果那個人竟是你，我會像感謝一直以來的你那樣，衷心感謝時間最後對我的寬容。我們會一起被真正的冬雪給埋藏，在同一個夢裡滅絕，誰也不為誰倖存成虛構。」

年初回來，站在馬路邊，感覺著許久沒有的醅熱，陽光熱得跟包子一樣實在。但什麼是實在？只要一動言動念，言念即有虛構。或許最大的虛構，就在日常語言裡，那些把各種感覺的嶙峋與凹凸不平，給輾平磨滑的話語。文學的虛構總是屬於邊緣的，為了各種各樣掉到裂縫裡的事；人類事務中的失敗之事。那種如果不是透過虛構，就無

法訴說，以及誰也不想經歷的極限彼岸。或者，一點也不戲劇，由於太過尋常，以至於大家都覺得不重要的事。與其說是創新，虛構毋寧是想起遺忘的；從遺忘中虛構，或因追索遺忘而豐盈。那不可說、可不見，如茫霧般隱藏著「世界誕生之前的我的面容」（波赫士，寫於《塔德奧·伊西多羅·克魯斯》篇底下）。

我也覺得虛構，總有一種埋在土裡遠去的性質，寫來就準備度遠去。或者，虛構的創造力其實隱藏著這樣的希望，冀望尋找度越難題與探索表達難題的其他可能。當手沒寫的時候，時間依舊像一輛馬車滴答地踱步，接續又流逝。

LETTER
專欄

一個他人
的夏天

● 童偉格

一九七七年生，萬里人。著有長篇小說《無傷時代》、《西北雨》；
短篇小說《王考》；散文《童話故事》；舞臺劇本《小事》。

　　像預期宿命，或將臨的科幻——拉斯柯爾尼科夫將殺死阿廖娜；
這是早就決定了的事。至於對他而言，為何非如此不可？這卻是整部
《罪與罰》裡，最大的一個謎。只因其實，直至他高舉斧頭，用斧背
朝她的頭直砍而下那瞬，他都並不確知，自己這麼做是為了什麼。也
因為最初，這甚至不是他自己的想法。這個念頭，如孢子借風媒，輕
悄飄落到他心上，是在冬天某日，某處小酒館，他聽見鄰桌一位軍官
與一位大學生，碰巧議論起放高利貸的老太婆阿廖娜。據悉，阿廖娜
十分虔誠，已立妥遺囑，要將個人積蓄，在死後全數捐獻給某修道院，
做為永久追薦自己亡靈之用。為了身後安寧，她在此世盡職苛待一切
活人，特別是自己的異母妹妹，麗紮韋塔。這位瘦小、虔信卻冷酷的
主人，與這名高壯、癡愚，且莫名不斷懷孕的奴隸，在人間底層，以
另類神性絆結，結成一對相依為命的「怪物」。

　　軍官義憤地說，他真想殺掉阿廖娜，拯救可憐的麗紮韋塔。說
完，隨即大笑，像那真是一個可喜的玩笑。拉斯柯爾尼科夫全程默默

杜氏猜想

因為「不是哲學家，也不是政論家」，因此才是優秀小說家（巴赫金語）。因為生來被
判要寫小說，所以耗費三分之二長人生，漫長準備它。杜斯妥也夫斯基是悖論愛好者
的衷愛，猜想他，意味預支一切早已完結的遲誤，將未竟假設，兌成獨屬文學的此在。
這是五次歧徑探勘，我們將從過去或未來，重複抵達杜氏真正的起點，四十五歲時的
《罪與罰》。

旁聽，在他首次對阿廖娜生活實況有所瞭解的此刻，他只覺得，軍官的怒喜驟變，對他而言十分怪異。然而，卻不知為何，軍官的想望持續鑽入他心中，在接下來數月裡，形同時空裡一個新肇啟的奇點，拉扯，反褶，且吞噬他全部思維。最大的顛覆是：他覺得自己，應當親熟這樣的想法，且因此，像學步者，或認字之人那樣受召，一再靠向那「怪物」的棲身所，去親自識讀那通往與毀滅「牠」的路徑。

此即小說開頭所示：七月，彼得堡酷熱難當，只有無避暑別墅可去的窮人，才會還待在城裡謀生；不知是第幾回，失神的拉斯柯爾尼科夫，走出他那櫥櫃般斗室，預演一名謀殺者的獨行路。在那反復路途中，他也像是以無盡緩速的方式，去綿長模擬那恐怕連軍官本人，都早已忘卻了的一瞬轉念。拉斯柯爾尼科夫無數次憤恨，為了自己竟一再遲疑，不能為所應為；他也無數次狂喜，為了自己終於又放下了這可怕的想法。

拉斯柯爾尼科夫的瘋狂，或神祕的受難：除了在自己內心，不斷生滅的辯證與感受外，關於如何在現實世界裡取人性命，他再無更審慎的準備。於是，這不知是第幾回探路對他而言，竟仍像是第二回，他只是多看清了一點阿廖娜住所的細節；這回探路在他心中，卻又總像是最後一回了，再一次，他跟阿廖娜說明數日後，他將再帶抵押物回來借貸，以便為那謀殺日，卸下她可能的提防。做完這些事，重回街上，他就像做完了世間所有事。他感受到良心磨折，與對自己的深切厭憎。為了一項並未真的履實，卻已經在如焚想像裡，實履過無數回的預謀。

站在街邊，時間像已過去那般長遠，至少，遠到拉斯柯爾尼科夫自己，已能以兇手之姿，回看一個必然已被換取過的人間——彷彿此世已擺脫了苛刻的阿廖娜，並將永遠罪責兇手他，為一更冷血之人。時間又像是從來未曾動搖過，因他一回頭，那同一個人世，又將另一間眾聲喧嘩的小酒館，推送到他面前。如此，彷彿好多事都已預先盤

桓，並旋身而去了，《罪與罰》在此，卻才走完前十頁；序曲般的第一部第一章。在這章尾聲，第一次，遲到者拉斯柯爾尼科夫，「這才清醒了過來」。

他緩緩步下階梯，走進夜闇的底層小酒館。他漸漸退轉時程，復原自己，重尋心境沾黏了軍官暴烈意念之前的那個自己。那位喜愛人聲的傾心旁聽者。那樣一種，彷彿全程人文裡的重複深思與暴走，皆僅純粹以其最隱密的善，去悉心燒製成的脆弱容器——總是太過妥貼，他能直接容受他人言表中的體感，不帶批評，沒有蔑視；僅僅只是如實容受，像那亦正是自己的體感；也因此而毫無防備，忘記了自己，可能遠比自己所包容的，更易無可挽回地碎裂。

在那裡，他傾聽九等文官馬爾美拉陀夫訴說自己，那貧病泥淖裡的餘生。隨馬爾美拉陀夫描述，他見歷那彷彿通道、「只有十來步長」，卻擠住了馬爾美拉陀夫一家五口的陋室。他看見十多歲的索尼雅，為了家計去賣身。她清早即起，打理儀容整潔後出門，至晚方歸。她將一日所得交到桌上，一語不發，只拿起全家共用的一塊薄呢大頭巾蒙頭，躺床上，臉向壁，不住地哆嗦。此刻，那間擁擠斗室竟也兩端極化：一邊是躺倒在空曠裡，至少今夜，再無人會來煩擾的索尼雅；另一邊，則是那些在一桌一燭的光照裡，瑟瑟挨擠彼此的父親，母親與人子們。這是第一夜。再後來，這種生活當然也能騰挪妥某種無痛的日常，只除了馬爾美拉陀夫如今捲款逃家，邀請眾人的辱罵，來助他在深切自責中自毀。

來去的酒客裡，只有拉斯柯爾尼科夫一人，親身去扶起馬爾美拉陀夫，保護並陪伴他，穿過一街區的人群，走向返家路。此刻，他心中只有馬爾美拉陀夫的苦痛；且從這般苦痛，他聯繫起其他共存者，也皆都在受苦受難的這個基本事實。他人的遭遇，如此令拉斯柯爾尼科夫心傷，就像那是他自己的悲慟；而他，也像他們一樣，別無解套的良方，只好，將一身剩餘全部給出（儘管事實上，他並不比他們過

得更寬裕）。然而，似乎正是在直接承感這一切，明白他們各自無望的徒勞，卻仍舊在無望中苦苦徒勞伊時，拉斯柯爾尼科斯自疑，說不定，自己原先是錯的。說不定，他猜想，人類，並不全然就那般可鄙，倘若，他並不懼怕他們的存在。

也許，拉斯柯爾尼科夫本來，是能從此「好」起來的，從個人莫名的混亂；或者，僅是從阿廖娜那另類神性般的絕對意志，所帶給他的莫名恐懼中。在此，最奇特的，其實不是拉斯柯爾尼科夫，注定無法成為自己所宣揚的那種「不平凡之人」：那種為了實現自己理想，因此，可以不受倫理與律法所囿的特別之人；據他所言，正是這類違規犯禁者，能帶領人類走出庸常因循的歷史。最奇特的，毋寧是在整部《罪與罰》裡，拉斯柯爾尼科夫是最不可能成為那種人的，另一種獨特之人。原因很明瞭：他人的痛苦對他而言太過逼真，形同無限鋪延的針毯，他步履其間，全神受困其中，沒有餘裕為自己，保有任何抽象的定見。

於是，當隔日，當母親那封絕對親善的信，抵達他手中，由他展讀過後，那對他而言，意味著思維的再次全盤紊亂。母親信中的腹語，低調卻響亮：為了拉斯柯爾尼科夫，妹妹杜尼雅決意自我犧牲，形同賣身般嫁掉自己，來換取哥哥的未來。一明白這點，那整個暫被豁免的盛夏躊躇，頓時再次就地重組。這是一個神學事件：試問，一名孤立無援之常人，如拉斯柯爾尼科夫，如何能徹底拒絕自願犧牲者，所無條件獻出的愛？也許，他能自主的作為，僅剩更深切的自棄，讓自己更遠遁、更在異境裡病變，直到連那般寬宏的愛都無能追及。這是說：抵達「牠」，犯下一件絕對無可饒恕的駭異之事；成為「牠」。

這個決斷，在他心底再次生滅，他依舊在自己莫名的預謀裡徬徨。無定見者拉斯柯爾尼科夫，如此讓一座迷宮原地超載，不斷層層褶曲、折射或加密一切轉念。在那個悶熱，擁擠，滿布煙塵與惡臭的街區，他無人可解地奔逃，直至自己終於也形同黑洞，反噬整片街區

的憤鬱吐息，因此，而生起一場比盛夏還高燒的熱病。直至終究，彷彿神蹟，一切偶然全數贊同他，無盡障礙自動避遠他，不可知的什麼，指給連斧頭都未事先找好的拉斯柯爾尼科夫，一條重新指向阿廖娜住所的道路。

在《罪與罰》第一部第六章裡，杜氏借拉斯柯爾尼科夫，這雙唯一全程見證過謀殺現場之眼的視域，以「後來」一詞啟動敘事，帶我們從極遠到最近切，望向一切的偶然，如何造成那個謀殺現場。悖論既是：由於那個現場，在時空裡注定只能發生一回，因此，無論如何具現高解析度的逼視，當我們借謀殺者的視域去看，它都只會形同拉斯柯爾尼科夫個人的幻覺。我們確切所知，唯有拉斯柯爾尼科夫全程的惶惑。悖論亦是：這全程的惶惑，吸納了現場之前與此後的一切疑猜，也結成了《罪與罰》的全部話語——最直接的不可解，在繁複的繞視後仍不可解。

也因此，唯有對繁複繞視的最直接承感，如拉斯柯爾尼科夫，方可全面知覺拉斯柯爾尼科夫。此事亦如科幻，或宿命，在人類的歷史裡，僅只發生過一回。它發生在遠處，遠過拉斯柯爾尼科夫被封印在自己迷宮那年，遠過迷宮配置者杜氏之死，直至一八八九年，在都靈，尼采正面遭逢那匹被車夫鞭打的老馬。哲人尼采在那刻，都想起或感受了什麼？這是一個無人可全景解答的問題。我們僅知，在彼刻無數個同時竄流的哲人意念裡，必定有一個，是尼采對拉斯柯爾尼科夫迷宮的最後巡禮。

尼采必然記得，在那生滅路徑尋索裡的最後一回，疲憊的拉斯柯爾尼科夫離開道路，折入樹林，臥倒草地，立即熟睡，且做了一個夢。他夢見童年時代，自己隨亡父，在通往夭折兄弟墓園的道路上走。他看見穿著各式各樣服飾的陌生人。一整個色彩繽紛，且吵雜紛亂的人世。在那裡，他們快活地折磨一匹拉不動車的馬，直至將牠活活打死。夢中的小拉斯柯爾尼科夫，為此悲傷垂淚。這種真摯悲傷穿過夢的牆

垣，使拉斯柯爾尼科夫醒來，繼續勉力前行，在橋上駐足，凝望涅瓦河夕陽，在他生命裡最後一次，感到全然的自由，與心無掛念。這最後的自由與無掛念，穿過虛構小說的防線，如實，以一匹馬的既視形象，湧現到尼采面前。

於是，哲人的現實遁入虛構，再遁入夢，再收攝得更小更小，極重極重。下一毫秒，那一整個北國之夏裡，一切他人狂暴或悲憐的話語，在這個南國之冬綻開。這位「不平凡之人」假說的改寫者，與「永劫回歸」論的主張者，就地坐實了拉斯柯爾尼科夫的瘋狂。或者，重複了僅可重複一回的，從此世上再無人可復原的神聖蒙難。

那些沒有詞彙訴說窮困的人——〈四喜憂國〉中錯置階級處境的愛國主義

● 林運鴻

東華大學中國文學系博士，現為臺灣大學臺灣文學研究所博士後研究員。研究興趣為戰後臺灣小說、日本漫畫、階級意識、文化民族主義，以及文學研究的知識論。學術發表見於《思與言》、《臺大文史哲學報》、《臺灣文學研究學報》、《中外文學》、《文化研究》等。

　　曾經引領臺灣文壇風騷的後現代頑童張大春，對於今日的年輕讀者而言，恐怕逐漸成為曾被他自己深深鄙視的，道學、顢頇的頑固老先生。不管是對於文言文課綱的衷心辯護，或是對於黨外自焚烈士的刻薄挖苦，張大春近年來的一些評論文字，似乎與民主開放的當代社會氣氛格格不入。在其晚年寫作生涯，張大春甚至放棄了得心應手的後現代主義技法，有意識地回歸中國筆記小說傳統，禮失求諸野，救贖還未被西方文明或現代白話所污染的純粹漢語。

　　不過，文學史不會遺忘當年那位還未側身廟堂、野性難馴的美猴王。在青壯時期，初出道的張大春用諷刺的健筆寫下〈大都會的西米〉、〈如果林秀雄〉、〈飢餓〉等等傑作，就算張大春本人對於鄉土文學或寫實主義一向自稱感冒，然而，明眼人都能讀出，這些作品逼近的還是消費主義、農村凋敝、勞動異化等等「現實」問題。那也是知識分子張大春客串於電影《悲情城市》，扮演一位勇於質疑陳儀政府的外省新聞記者的年代。文學頑童的信念眾所周知：世界萬象紛呈、變動不居，唯有紀錄、編織、甚至是竄改五顏六色真實的「語言」，

臺灣文學史的資本主義徵狀

相較性別與族群，「階級」是本土文學評論較少觸及的政治性主題。在這個小專欄裡，我們將一起閱讀當代臺灣文學史上的數篇傑作，並且謹慎地去思考，在文學閱讀、出版市場以及發達資本主義社會的重疊之處，文化無意識可能具有的共謀或者反抗。

才是文明的第一存有。這個觀點絕非乍看之下那般憤世嫉俗，透過張大春洗鍊的後現代書寫，許多後進作者都從此前衛姿態中接收了一種，僅憑「敘事」就能與外部真實分庭抗禮的激進文學信念。

也許正因為「後現代主義者張大春」對於語言的高度敏感，讀者其實可以在他的作品中，讀出符號與真實的另一層關係：語言不一定總是指稱或者建構社會現實，很多時候，語言更新的速度反而遠遠落後於人們生活於其中的世界。按照常識，寫字與說話本來是用以描述世界的有效工具，但是〈四喜憂國〉所欲談論的反而是符號如何「無能」：許多詞彙，尤其是神聖、偉大、使人肅然起敬的字眼，常常無法銜接卑瑣無序的當下真實。

不少評論者將這個短篇解讀為威權垮臺、黨國信仰崩解的政治寓言，不過，要是我們將〈四喜憂國〉重疊於臺灣那始終分配不均的經濟發展歷程，那麼，這故事同樣也是資本主義的一個微妙注腳。對於那些掙扎於生存線邊緣的底層勞動者來說，如果不幸目睹了無可跨越的階級鴻溝，他們常常找不到合用的言語，來表示內心中可能有的義憤或者絕望。

在〈四喜憂國〉這篇小說中，張大春描寫了一位世界觀凍結於「反攻大陸」時代的老兵朱四喜，他那荒誕卑微的小人物生命史。透過朱四喜，眷村族群的某些「臺灣經驗」躍然紙上：例如，相濡以沫的退伍軍人聚落、改宗天主教後與漢人祭祖傳統的衝突、扶養智能障礙兒子的艱難教養……不過，最能體現張大春尖銳幽默感的情節，大概是外省老兵們的「成家心願」：朱四喜的妻子古蘭花是從偏遠的原住民山村購買而來，「要不是朱四喜強把古蘭花薙光了半邊頭髮、拿鞋帶子綁在竹床上硬搞了那麼幾回，恐怕來福根本不會出生呢。」而最受朱四喜敬重的朋友，在大陸受過師範教育的低階軍官楊人龍，儘管剛來臺灣那幾年他總是對街坊鄰里勤快宣講社論上的復國大業，但楊人龍卻不幸在一次自瀆時猝死。這位性情嚴肅的軍官過世時，滿屋子都

是「大奶子女人裸照」，同時「那一雙經常指畫著牆板間報紙的手則緊緊握著一根粗大直挺的屌棒子」。

〈四喜憂國〉所講述的故事，正是從都會底層視角，來仰望臺灣經濟的奇蹟年代。隨著朱四喜結婚生子、從挑水肥工人成功晉升為清潔隊員，即使這樣的職業在當時確實接近金字塔下層，然而朱四喜終於也能開始盤算，要在年後添置電鍋、電視等等新家具，甚至還在心裡忖度「重新粉刷家中牆板」這一從不敢奢望的可能。

然而，儘管朱四喜「一天比一天有錢，買東西也很方便」，他的心中仍有陰影蠢蠢欲動。一天晚上，英年早逝的好友楊人龍，竟於夢境中悄悄造訪。他慨然提點朱四喜，這個慢慢發達起來的臺北城，仍有些咄咄怪事：「要知道，光是有錢、榮耀主還是不夠的，因為有了錢大家還會亂來，上酒家啦、跳舞啦、玩女人啦。」為了過世好友的這份憂國憂民的「心願」，朱四喜艱難地提起筆，回憶著老蔣總統種種教訓，草擬了一份「告全國軍民同胞書」，「影印了四千份，沿著他負責清掃的街道挨家挨戶地散發出去……」。這位忠貞愛國的老兵，念茲在茲的就是提醒人們「有錢以後不要亂來」。

其實，在快速現代化的臺灣社會裡，隱隱感到難以適應的朱四喜，真正憂慮的對象根本不是空洞遙遠的反共復國願景。仔細閱讀這篇小說就能發現，朱四喜真正的煩惱，絕非他藉著鬼魂楊人龍之口反覆控訴的「道德淪喪」，相反的，當臺灣社會邁入資本主義全新階段之時，穿皮風衣、開大轎車的新興富裕階級，對於他年輕妻子所產生的那種經由昂貴奢侈品而放大的種種魅惑，才是這位忠貞老兵的真正夢魘。在一次提早回家的偶然中，老兵目睹了某位時常來找妻子洗車的臺籍年輕男客人，「直勾勾地望著古蘭花低敞的領口裡的一雙大奶子……」。更惱人的是，男客搭訕時，妻子那喜上眉梢之神情，彷彿捧碎了朱四喜藏在心中的什麼難以言說之物事。

換句話說，也許物質生活的總量改善了，但在困苦老芋仔的底層

位置，從上層階級處感知到的相對剝奪感，也更為加重——朱四喜知道自己平凡生命中的美好部分（漂亮原住民妻子），大可以在一切皆有價格的市場經濟裡待價重沽（當年自己只是出於幸運才能便宜買到這位山地姑娘）。

　　儘管小說技巧性地對此輕描淡寫，但〈四喜憂國〉的真意顯然不在於一位外省老人的輕微妄想症狀，朱四喜的被害恐懼其實植根於某種「新的生產關係」。因為步入經濟奇蹟的臺灣社會，階級關係更加尖銳，所以，這位老榮民總是惴惴不安地，無論上工時或回家後，「瞥眼瞧了瞧牆版上那些個新聞：『仇殺』、『情夫』、『紅杏』、『戀姦情熱』、『老夫少妻的悲劇』」。外省平民從「本省有錢人」那裡感受到的壓力，就反映在在朱四喜對於婚姻的多疑和心虛當中。

　　〈四喜憂國〉發表於一九八七年，而在小說裡，朱四喜已從青壯正往老年邁進。於此同時，臺灣早已不是戰後百廢待舉、白色恐怖肆虐的黨國體制，而是同步於全球經濟長波與冷戰美援紅利，逐漸轉型為資本主義消費社會。問題正在於，幾乎沒有受過像樣教育的朱四喜，他用以描述「現實」的「語言」，還一直滯留於舊的威權時代。如果對〈四喜憂國〉做一馬克思式的摘要，那大概會是：當臺灣進入新一階段的資本主義生產關係時，無產階級朱四喜只能恍惚、含糊地感覺到，自己在精神上所依賴的過時「上層建築」，在新時代的沖刷下逐漸崩解。

　　顯然，〈四喜憂國〉正是一個「意識形態」與「社會現實」難以對應的故事。朱四喜並未真正發現，自己對於蔣家政權的懷念，來自於對並不匹配的婚姻生活的不安全感。這也是為什麼，朱四喜需要努力重現過往熟悉的「告全國軍民同胞書」文體，來否認或是掩蓋使他感到惘惘威脅的「階級分化」現象。儘管如此，隨著資本主義時代中經濟分層的鴻溝日益加劇，在意識的地表下變形作祟的就會是，老兵朱四喜在面對家中年輕妻子時，來自於年紀、財富、社會地位皆不如人

的種種自卑感。

〈四喜憂國〉之所以安排一位清潔隊員用來代言外省老兵，原本是要藉由關於政治口號的美麗誤會，來解釋底層外省族群為什麼會對苛待他們的國民黨政權有著如此的非理性忠誠。另外，正因為老兵族群是「臺灣錢淹腳目」年代中始終不曾「富裕」起來的那群人，他們更容易受限於黨國教條語彙，錯誤地將「文告」當成是矯正世風日下的良方，而無法明白正是掠奪無產者的資本主義體系更加劇了他們在現代經濟中一無所有的處境。

最為諷刺的是，就算聰明如張大春，也完全料想不到，所謂「社會現實」真的能比他構思精巧的小說創作轉折更大──距離〈四喜憂國〉的發表才不過三十年時間，曾使得朱四喜愧不如人的「清潔隊員」身分，早已不再是社會底層。就在前年，臺北市政府公開招募一名清道夫缺額，居然吸引了包括臺大碩士在內的四百多位民眾報名角逐。在勞基法出爾反爾、遽然修惡的今日，若是重讀〈四喜憂國〉，除了張大春的黑色幽默使我們莞爾，恐怕還得為了所有受薪者而苦笑：當年〈四喜憂國〉所暗暗請命的底層清掃工人，現在竟然是無數臺灣人在失業低薪過勞、勞動條件快速惡化的資本年代裡，夢寐以求的「公職金飯碗」。嗚呼，從這個角度來說，所謂「文學」無論如何還是比起「現實」能給予人們更多關於光明未來的希望呢。

「我心中從沒有小白人」——童妮‧摩里森去政治的政治性

◉胡培菱

美國羅格斯（Rutgers）大學美國文學博士。於大學任教、於媒體寫文。專論當代美國文學與文化。現定居美國。

　　在一九九三年憑藉著小說《寵兒》（*Beloved*, 1987）榮獲諾貝爾文學獎的美國黑人作家童妮‧摩里森（Toni Morrison）畢業於康乃爾大學英文系碩士，一九五五年畢業時，她的碩士論文題目是《論維吉尼亞‧吳爾芙與福克納對他者／異者的論述》，時經半個世紀，寫過十一本暢銷文學小說，摩里森在二〇一七年出版了非小說評論集《他者的起源》（*The Origin of Others*），可以說摩里森終其一生所探究及書寫的核心就是「他者」——黑人在美國社會中被視為「他者」的經驗與歷史，以及如何抗拒及解構這個「他者」的身分。

　　摩里森出生於俄亥俄州小鎮羅蘭（Lorain）的工人家庭，當時的

從美國一九六〇年代的種族民權運動，到二十一世紀的「黑人的命也是命」民權運動，黑白種族問題一直是美國社會中難以化解的難局。當膚色成為社會歧視結構的決定因素，它就也成為制約非裔人民生命中各個面向的強制力、及社會看待與反照非裔美人的濾鏡。即便輿論風向漸趨民主共容，長年以來以膚色為基準的根深社會結構，仍是非裔美人在這個國家難以逃脫或翻轉的框架。這個不正義當然是非裔美國籍作家作品中不斷處理的主題。從位處一九六〇年代種族民權運動中心的詹姆斯‧鮑德溫（James Baldwin）開始，到影響力甚巨的長青作家愛麗絲‧沃克（Alice Walker），到二十一世紀的年輕非裔美籍作家如茲姿‧派克（ZZ Parker）等，他們的作品如何刻劃他們所處時代的種族關係與非裔自我身分認同，又如何回應了從六〇年代種族平權覺醒以降的動盪歷史？由六位非裔美籍作家的數篇短篇小說，我們將勾勒出這半世紀以來的黑人文學圖像，並探索美國這個國家落實種族正義的可能與不可能。

黑之華

俄亥俄州有來自各方的歐洲及黑人移民湧入從事鋼鐵工業，因此雖然摩里森的父母來自種族隔離的南方，她卻是在一個種族相對融合的美國中西部成長，她出生地羅蘭的族群多以經濟能力劃分，而非種族。五〇年代摩里森離開俄亥俄州到位於華盛頓特區的黑人大學霍華德大學（Howard University）就讀時，當時的華盛頓特區的公車與餐廳仍實施種族隔離制，並且霍華德大學中也充滿了由膚色深淺來區分的互斥與排擠，這些才讓來自相對種族中立地區的摩里森第一次真正感受到被當作種族「他者」的經驗。

這個經驗沒能讓摩里森內化這個「他者性」，反而讓她對這個「他者性」的社會建構深信不疑。也就是因為這樣的生長經驗，摩里森的政治性與其他同時代的住在北方大城（如紐約哈林）或黑人區的黑人作家大不相同，她的目標永遠不是去對抗白人威權，因為這個威權在她的自我建構中並不存在；她寫作的宗旨永遠不是去向白人解釋或闡明黑人處境的不正義，因為她希望產生對話的對象永遠不是白人。摩里森曾經在許多訪談中表示，她不為白人而寫，而是為黑人而寫、為黑人女性而寫。她並常提及詹姆斯‧鮑德溫（James Baldwin）曾說「我們心中深處都有一個小白人」的說法，她認為那些以文書憤、以文挑戰、或以文驅逐心中白人的同年代黑人文人，都是以白人讀者為他們的對話對象，這樣的他們永遠都是在白人凝視下書寫。摩里森說，我心中從來沒有小白人。

也正因為摩里森並不政治化種族議題，也不把黑人文化當作供白人消遣的商品，她難免被認為是不夠為黑人族群發聲的不沾鍋。她小說中描述黑人族群或黑人角色時並非完全正面這點也讓許多黑人讀者難以接受：《最藍的眼睛》（*The Bluest Eye*, 1970）中強暴自己女兒的父親、《蘇拉》（*Sula*, 1973）中淫蕩的母親、《黑寶貝》（*Tar Baby*, 1981）中著重於外表、盲目背書「黑就是美」口號（Black is beautiful）的黑人女模、《上帝救助孩子》（*God Help the Child*, 2015）中歧視自己孩子

膚色的母親。就如同摩里森的作品並不擁抱戰鬥性的政治標籤，她也從不認為黑人族群需要擁抱忠誠或同聲一氣，她想誠實描述一個黑人的社會，並在她的描述中寫出黑人語言韻律中的文學性及美感（摩里森並不贊同一些黑人作家直接把黑人街頭語言原汁原味搬進作品中的做法），因為她不需要向白人證明黑人有多優秀，所以她更可以自由地寫出一個貼近真實、充滿矛盾與複雜性的黑人社會與角色。

短篇小說〈宣敘曲〉中的他者

在摩里森幾近半世紀的寫作生涯中，她只有正式出版過一篇短篇小說〈宣敘曲〉（Recitatif），出版於一九八三年，收錄在由當時激進派黑人作家阿米里・巴拉卡（Amiri Baraka）與其太座阿米娜・巴拉卡（Amina Baraka）所編的文學選集《證實：非裔女性作家文選》（*Confirmation: An Anthology of African American Women*）。在這篇十來頁的短篇小說中，摩里森描寫兩個一黑一白的女孩，從八歲到成人，從孤兒院棄兒到為人妻人母的情誼。雖然摩里森在一開頭就明白說，這兩位小女孩就像是「鹽跟胡椒」（salt and pepper），但她在通篇小說中卻刻意不明說哪個女孩是黑人、哪個是白人，摩里森聰明並諷刺地讓讀者在一邊閱讀、一邊過濾所有細節與描述來猜測她們種族身分的過程中，去面對自己內心的種族成見與偏見。這是一篇相當有意思的短篇小說，在課堂上教此篇小說的老師們往往會請同學票選並討論兩位主人翁的種族身分，而通常會得到支持者各半，並各持鐵證的結果，足可見摩里森對於種族偏見的熟稔度，已經到了可以玩弄於股掌之間的爐火純青。〈宣敘曲〉用不講種族的方式道盡了、彰顯了種族的社會建構性，雖然它不見得是摩里森漫長的寫作生涯中被探討最多的作品，但它卻完美承載了摩里森終生叩問的命題，以及她與其他當代黑人作家相異的政治性。

短篇小說篇名「宣敘曲」（Recitatif）指的是歌劇中在歌曲與敘述

之間穿插的吟唱，多用於對話或直述的片段中，使用的是較直白的語言。〈宣敘曲〉在作者的全知觀點敘述之中，穿插了許多女主角之一泰拉（Twyla）的敘事觀點，因此我們可以說這篇故事，就是泰拉的宣敘曲。故事一開始，兩個女主羅貝塔（Roberta）及泰拉（Twyla）年僅八歲，泰拉的媽媽「徹夜跳舞」而羅貝塔的媽媽「生病」，所以兩個沒人照顧的小女孩在一間孤兒院裡同房相識，我們知道她們分屬一白一黑不同種族。小女孩因為還有媽媽，在孤兒院裡同被視為異類被排擠，並且又同樣害怕孤兒院裡那些凶神惡霸、滿臉胭脂的大女孩，所以雖然百般不願，她們還是建立了共患難的友誼，一起旁觀那些殘酷的大女孩欺負在孤兒院裡一名在廚房裡工作的女僕瑪姬，瑪姬又聾又啞、雙腳彎曲成「括號」形、並似乎有智能障礙。後來羅貝塔與泰拉兩人雙雙離開孤兒院，多年後在一間廉價的美式速食餐廳裡相遇，泰拉是餐廳裡服務生，羅貝塔則打扮妖豔與兩名男友正要去會見知名黑人吉他手吉米・罕醉克斯（Jimi Hendrix），時髦的羅貝塔似乎瞧不起打扮俗氣當服務生的泰拉，兩人不歡而散。

十二年後，泰拉結嫁當消防隊員的先生，搬往紐約近郊，一天又在難得一訪的高級超市裡遇到打扮更加光鮮亮麗的羅貝塔。羅貝塔嫁給了一位高薪的電腦工程師，住在臨近的昂貴社區，有兩個佣人、一個司機（中國人）、四個繼子女。繼十二年前的冷漠後，這次相遇羅貝塔卻熱心邀請泰拉喝咖啡敘舊，席間泰拉提及瑪姬在果園內跌倒被大女孩們嘲笑的往事，羅貝塔卻告訴她，那天瑪姬並不是跌倒，而是被那些大女孩故意推倒，並撕毀她的衣服，羅貝塔說因為泰拉不願意想起那些大女孩對待瑪姬的不人道，所以才扭曲了自己對這段往事的記憶，泰拉卻心存懷疑。

接著她們遇上了美國七〇、八〇年代所實施的「反隔離學童混合就讀接送計畫」（Desegregation Busing），當時許多大城市為了打破種族隔離的藩籬，強制規定學童必須被接往不同的學區就讀，造成許

多家長的不滿，黑白種族之間的衝突時有所聞。當泰拉接送兒子前往新學校就讀時，她看到了在學校外頭抗議的羅貝塔，泰拉向前對羅貝塔的抗議行為質疑時，引起了整個抗議隊伍的反撲，他們圍繞在她的車旁搖晃著她的車，而羅貝塔只是袖手旁觀，冷眼看泰拉被種族仇恨吞噬。最後警察終於介入時，羅貝塔對泰拉說，她當初也有加入凌虐黑女僕瑪姬的行列，她也有踢瑪姬一腳，現在她憑什麼覺得自己道德比較清高？泰拉否認瑪姬是黑人，羅貝塔則信誓旦旦，說泰拉自欺欺人，兩個女孩人生中的第三次相遇再度不歡而散。分手後，泰拉爬梳自己殘缺的兒時記憶，她還是不記得瑪姬的膚色，但是她確定她當時沒有動手打人，她沒有加入那些大女孩的霸凌行列，但是，她坦誠她確實也「想要」傷害瑪姬，也確實沒有發揮正義前往營救瑪姬，或通告孤兒院管理階層。當她看到瑪姬被傷害的時候，雖然動手的人不是她，但是她確實感到一股施暴的共犯快感。

　　最後一次兩個女孩相遇，又是在多年後，泰拉的兒子已經上州立大學就讀。聖誕前夕，經濟拮据的泰拉下定決心出門花錢買一棵聖誕樹，買畢在一間咖啡廳避雪時，她又遇到了剛參加完派對、盛裝打扮（銀色晚禮服、貂皮大衣）的羅貝塔。敘舊時，羅貝塔又提起瑪姬，她跟泰拉表白，其實她對瑪姬的膚色也相當模糊，但是她很清楚她們兩個都沒有踢瑪姬，但是，跟泰拉一樣，她那天心裡非常想要加入霸凌、也想要毀掉瑪姬，她跟泰拉說，「想做就等於是做了」（wanting to is doing it）。她們倆人互相安慰她們當時還小，只有八歲，而且她們當時非常寂寞而恐懼。故事結束在羅貝塔掩面痛哭，失聲說，「喔，他媽的，泰拉。他媽的，他媽的，他媽的。瑪姬到底怎麼了？」

　　所以哪個女孩是白人？哪個女孩是黑人？泰拉這個名字是黑人名嗎？泰拉說羅貝塔「那種人」不喜歡洗頭髮，所以身上會有一種味道，這是黑人還是白人？當羅貝塔的媽媽來孤兒院看她時，她戴著十字架拿著聖經，黑人還是白人比較信教？羅貝塔媽媽還給她帶來了炸雞當

午餐，炸雞又是黑人還是白人的食物？當服務生的一定是黑人嗎？會去聽吉米・罕醉克斯的又是黑人還是白人？長大後羅貝塔顯然社經地位比較崇高，這就代表她是白人嗎？她們先生的職業可以反映種族嗎——消防隊黑人、電腦工程師白人？即便如此，我們也無法斷定羅貝塔與泰拉一定跟同種族的男性組成家庭。甚至連在混合就讀抗議事件中，也很難看出泰拉的兒子到底是被送去了較好的學區還是較差的學區。讀這個故事，在看不見外表下，讀者心中那把衡量種族的尺，隨著摩里森釋放出的種種細節擺動，到最後完全瓦解。透過這個相當過癮的閱讀經驗，讀者發現自己心中評斷種族的盲點與偏見，並且發現在社會教化下，我們時時想將種族歸類的欲望。摩里森不用說教、不用憤怒責罵、不用義憤填膺，她用一個簡單的故事，簡單的閱讀練習就點出了社會的每一分子用來建構他者的薄弱基礎。

　　當然這個故事除了羅貝塔與泰拉之外，瑪姬也是一個謎樣的重要角色。即使瑪姬的種族身分並不清楚，她的殘疾足以讓她遭受人類似乎與生具來的殘暴，她弓形如「括號」的雙腿暗示著她在人類社會中的附加地位，她的故事永遠不會是主要敘事，而只能存在於括號之中、附加之中、順帶一提的補充。她是在種族之外的「他者」及「非人」，這個地位正當化了施暴者不人道的對待，這樣的邏輯與當初蓄奴者將黑奴視為「他者」與「非人」的做法並無兩樣。摩里森透過瑪姬闡述，無論是黑人或白人都有建構他者或異己之眾來鞏固自己人性的欲望，即便是被歧視的種族，也會欲望去建構更不如自己的「他者」，沒有任何種族有道德優越權或免責權。她透過瑪姬來提點讀者，種族膚色以外，還有許多社會的不正義需要正視，種族正義並不就代表社會正義。不論黑白，羅貝塔與泰拉都是瑪姬事件的共犯者，她們都曾任由自己的嗜血殘暴蓋過了道德良知。就如同她在長篇小說裡所持的觀點一樣，因為她不為白人而寫，她不需創造出至善至美的黑人角色（如《湯姆叔叔的小屋》裡的湯姆叔叔）讓她的白人讀者安心；又

因為她不需也不想向白人證明、控訴些什麼，她更毋須創造出一個滿口仁義道德的黑人角色。對摩里森來說這種角色都太過浪漫化正義與道德，太單一化人性的複雜。

安於黑人女性作家的標籤

因為種種這些，心中從沒有安放過小白人的摩里森在黑人文學中是一個獨特的存在。她不屬於任何黑人組織，也沒有真正參與過任何政治運動，她手中唯一的「武器」就是文學。擔任蘭登書屋編輯好幾十年的摩里森曾說過，她是用出版的方式參與六〇年代黑人平權運動，編輯生涯中她致力挖掘、出版黑人作家，試圖改變以白人為多數的出版藍圖與讀者結構。她同時也是用她所寫的文學來改變種族平權的政治性，簡單來說，摩里森似乎不那麼在意個人憤怒與成長經驗的不堪，她與之對話並試圖改變的是更大也更本質、或許也是跨越種族優劣的東西。她不以黑人不堪的過去當作武器，而是當作養分；她不以種族相爭為目的，而是為黑人寫出黑人文學，就像托爾斯泰或狄更斯是為他們所從而來的族群而寫，也是書寫他們所從而來的族群，她安於「黑人女性」作家的標籤，書寫黑人女性，如此自然而真實，不用回應或證明於任何族群。

跨越半世紀的寫作生涯，摩里森不憤怒、不鼓譟、不隨之起舞，她致命書寫「他者」的豐富性與複雜性，深信只有如此才能將「他者」從「他者」的位置被釋放、被解構。

顏忠賢
的軟性電影

● 徐明瀚

電影與藝術評論人，曾任《Fa 電影欣賞》執行主編，現任《國影本事》主編。交通大學社會與文化研究所畢業，現為臺北藝術大學美術系博士候選人，編過許多書、策劃過多檔影展，研究領域坐落在當代歐陸哲學、東亞美學現代性與華語獨立影片藝術之間。

　　要對小說家顏忠賢進行文學批評，恐怕必須從兩條小說家非小說的路徑來繞路包抄，一個是建築，一個是電影。從前者來說，他身為實踐大學建築設計系專任副教授（包括前系主任），學術養成背景含包括了英國曼徹斯特大學建築研究所碩士後研究以及臺大建築城鄉所碩士；由後者，他不僅出過另類影評書《電影妄想症》和專論《影像地誌學：邁向電影空間理論的建構》，更在兒時長年浸淫在父親所開設彰化大戲院的影像世界之中，家學淵源之深厚應不可謂一般，他甚至也拍有《肉浮屠》、《醮》等電影作品存世。光是要從這兩條的路徑繞行，可能就會被反包抄，困在他所建構的各種陣式之中，所以唯一破口，恐怕在於電影與建築的確切交會之處。

　　在電影與建築的確切交會處，吾人應該不會不熟悉「蒙太奇」（montage）這個法文建築用語，「指一個物體或建築體被『組裝』和『建構』的意涵」，後來被蘇聯導演艾森斯坦發揚光大為電影用

小說家的
電影史（事）

每個華語文學作家，都有自己的電影知識集，藉由爬梳歷來他們曾援用的古今中外電影典故，來擴大或趨近他們要談的辯證意象或生命自況。其中，駱以軍與顏忠賢的影像用典，歷歷在目；陳雪與胡淑雯則有自我戲劇化的潛力；黃崇凱從非虛構的影像歷史轉進為虛構態勢；童偉格則滿是無盡的電影感。本專欄將檢視這樣的文學運用電影的隱喻（／影像喻說），究竟是轉開了話題？抑或是轉進了某些深邃的理路，從故事、歷史形成事件，從而別開生面。

語，可是顏忠賢的蒙太奇卻又沒那麼簡單，他在《軟建築》跋文曾說過：「我也不願意穿鑿附會地說成……是為了逃離建築的的另一種血（學）統的『硬』而開始弄起娘娘腔式的編織或縫布、繡字的『軟』。」我們知道，這位小說家在二〇〇七年出版第一本完全小說集《殘念》（一九九七年的《老天使俱樂部》是多種文類的合集）之前，便已經以「軟」為題，出版了許多空間設計作品專書和裝置藝術計畫，如《軟城市》、《軟客廳》和《軟建築》。如果左翼電影家艾森斯坦是用意識形態教條拍攝了「硬性電影」，那麼小說家顏忠賢的電影史（事）應該就是一種「軟性電影」了，而這種軟性，在一九三〇年代的新感覺派小說家兼電影評論者的劉吶鷗與穆時英作品中，已歷歷可見，而後這個流派發展出的準文類「蒙太奇小說」與準電影類型「軟性電影」，對香港小說家劉以鬯、導演王家衛，以至於臺灣小說家林燿德、駱以軍和顏忠賢形成基礎條件。

但在進一步討論「軟性電影」是否是可以做為評論顏忠賢小說電影史（事）的關鍵詞之前，有必要先思考一下「軟性」的理論意涵。除了對反於「硬性」的意識形態灌輸之外，究竟在「軟性」的層次內部，有什麼樣的批判可能性呢？法國哲學家瓜達希（Félix Guattari）曾在〈欲望的電影〉（A Cinema of Desire）（收錄在《軟顛覆》（Soft Subversions）一書中）裡明確定義了電影與軟性的曖昧位置，他認為「電影在做為溝通與傳遞訊息的方法之外，它總是權力的工具，它不僅掌管訊息，更在於掌管力比多能量（libidinal energy）」，精神分析也往往是這些力比多的分析與管理工具，不輕易讓力比多超越快樂原則，換言之就是不讓它爆量傷害到身體乃至於社會，一個法西斯式的社會就是在掌控、維持這些力比多的穩定與正常釋放；相較之下，瓜達希提出了分子革命（molecular revolution）之說，在運作上以分子運動的流變態勢進行，而在身體的反器官化思維上則維持著某種「微法西斯者」（microfascist），即便法西斯並不是他愛的字眼，但也在這個

層次中能展現對於欲望價值的徹底擴充，乃至於實現他與德勒茲所言「欲望機器」（desire machine）的「反伊底帕斯」裝配實踐。可是我們當然要問兩個問題，這種分子運動在小說與電影中是怎麼實踐的？而這樣的微法西斯有無可能變成另一種乖張的、被實體化的政治暴力，或在什麼意義上先被滅掉？

黃嘉謨的軟性影片論

「軟性電影」這個詞彙，最早是黃嘉謨於一九三三年十二月一日刊出的《現代電影》〈硬性影片與軟性影片〉裡提出的，當中最有名的文句有三：「電影是給眼睛吃的冰淇淋，是給心靈坐的沙發椅。電影是軟片製成的。」／「好好的軟片，在我們貴國的製片家手裡，竟變成硬片了。像是被漿浸過了地變成硬片了。」／「我們的座右銘是：『電影是軟片，所以應該是軟性的！』」這些名句雖有點玩弄文字遊戲，又不失其置身左翼教條電影環伺的上海影壇之感慨，而從此文開始也引發了軟性硬性電影論爭，乃至於令人也聯想到一九三一年左派（共產黨的左翼文藝路線）與右派（國民黨的民族文藝路線）交相攻訐所謂「第三種人」（自由派文藝）的論戰。至今，在厚達九百頁的《三十年代中國電影評論文選》中，黃嘉謨與劉吶鷗的影評是以「附錄」的方式收錄的，可以見得這些軟性電影文章做為反方說法是如何不見容於該書的正規史觀之中。

黃嘉謨的「軟性電影」之說，若放在瓜達希的視野裡，其實相當可疑，一方面「眼睛的冰淇淋」很容易讓人聯想到從古至今好萊塢那種重娛樂（用今天的話來說就是「爽片」）的商業電影傾向，而「心靈的沙發椅」，竟然有佛洛伊德精神分析用的診療沙發的意涵（而這正也是瓜達希所嗤之以鼻的），但沙發椅做為心靈消遣放鬆的意味，也使得這樣的電影之軟，總給人有一種避世自娛的消極性，而沒有發揮出欲望橫流的解放性。

劉吶鷗與穆時英的文學織接法

反觀與黃嘉謨同為《現代電影》主編的劉吶鷗，則顯現出某種純藝術的實驗探索性格（即便他也在影史中被歸為「軟性電影」之流），寫了很多引介歐陸影片美學的長文章討論鏡頭運用、色彩、描寫手法等等，其中就引介了蒙太奇理論進入中文語境之中，但劉吶鷗並未把montage 音譯翻譯為「蒙太奇」，而是意譯為「織接」，充滿著編織的手感和拼接的動態。而事實上，早在劉吶鷗的短篇小說集《都市風景線》與跟他同為新感覺派的小說家穆時英（他也寫很多影評）的許多小說，就大量地使用了織接的敘事手法，把五光十色的魔都上海，用不同鏡位場景畫面拼接在一起，形成閱讀高速節奏與動態感，尤以穆時英的〈上海狐步舞〉和劉吶鷗的〈遊戲〉這兩篇小說最具代表性，後來的文學研究者李今就稱之為「小說中的蒙太奇」。在這類小說中，文字高度具有視覺性，猶如景觀的碎片般，不斷飛逝於讀者眼前。在這裡特別節錄一段，看看光是這段就如何開展了軟性電影在小說世界的里程碑：

蔚藍的黃昏籠罩著全場，一隻 Saxophone 正伸長了脖子，張著大嘴，嗚嗚地衝著他們嚷，當中那片光滑的地板上，飄動的裙子，飄動的袍角，精緻的鞋跟，鞋跟，鞋跟，鞋跟。蓬鬆的頭髮和男子的臉。男子襯衫的白領和女子的笑臉。伸著的胳膊，翡翠墜子拖到肩上，整齊的圓桌子的隊伍，椅子卻是零亂的。暗角上站著白衣侍者。酒味，香水味，英腿蛋的氣味，煙味……獨身者坐在角隅裡拿黑咖啡刺激著自家兒的神經。

然而，劉吶鷗與穆時英卻都因接編了汪精衛政權的《國民新聞》而被人在上海街頭暗殺，所以文學中的軟，不一定仍能對反於政治權力中的硬，法西斯無論是否有宏觀或微觀之差分，都可能被視為同路

人。

劉以鬯與王家衛的空間詩（溼）學

在香港最得到上海新感覺派真傳的，就是劉以鬯，光是小說《酒徒》裡的開場名句：「生銹的感情又逢落雨天，思想在煙圈裡捉迷藏。」就充滿著穆時英那種充滿聯覺（synesthesia）的多重感官布署和並置，而王家衛《2046》所引用的警句「所有記憶都是潮溼的」也是出自此書。若是王家衛影迷的話，應該還記得《愛神：手》那場張震在雨中於去找鞏俐的戲，整個房舍都充滿著潮溼的氤氳之水氣，就連雨傘在最後也積流出了淚般的水跡，《愛神：手》的故事也是由王家衛發想自上海新感覺派小說家施蟄存的短篇小說〈薄暮的舞女〉，小說與電影的文本互文，在這個創作群體中不斷交纏、引申。施蟄存還影響臺灣的小說家，作家林燿德便曾深入採訪過施蟄存，並且展現他對新感覺派文學技法的高度理解。對於單一空間的靜觀凝住，把感官與細節也是以分子運動的等級放到最大，我們可以從穆時英〈上海狐步舞〉的小說片段與林燿德〈燚炎〉的詩作片段來舉例：

●穆時英〈上海狐步舞〉

華東飯店裡——

二樓：白漆房間，古銅色的雅片香味，麻雀牌，《四郎探母》，《長三罵淌白小娼婦》，古龍香水和淫慾味，白衣侍者，娼妓捐客，綁票匪，陰謀和詭計，白俄浪人……

三樓：白漆房間，古銅色的雅片香味，麻雀牌，《四郎探母》，《長三罵淌白小娟婦》，古龍香水和淫慾味，白衣侍者，娼妓捐客，綁票匪，陰謀和詭計，白俄浪人……

四樓：白漆房間，古銅色的雅片香味，麻雀牌，《四郎探母》，《長三罵淌白小娼婦》，古龍香水和淫慾味，白衣侍者，娼妓捐客，綁票匪，

陰謀和詭計，白俄浪人……

●林耀德〈焱炎〉
走進每一個單字中。
一個個繁縟的單字。
一座座綺靡的迷宮。

一座座綺靡的迷宮，黑闇的甬道，剝蝕的牆壁，
筆畫和筆畫之間的空隙，換化為寬敞、迂迴、
深幽邃遠不可抓摸掌握的時空走廊。

走進每一個繁縟的單字中。
在滅亡的民族的夢境裡被灼傷。

　　我們要嘛被文字浸染，要嘛被夢境灼傷，而這種影像空間的詩學已非眼睛的冰淇淋，或是心靈的沙發椅可以描述之，也非序列公式化的宏大建築組構（除非是反諷）或宏大民族興盛的神話預言（除非是自棄）可以確立之，也正是在這個意義上，我們才可以來看顏忠賢那本文字爆量、充滿夢境囈語的旅館小說《寶島大旅社》的細膩之軟性顛覆。

駱以軍與顏忠賢的都市旅館小說

　　據聞，中國第一本「旅館小說」是虹影寫於二〇〇五年的《上海之死》，上海四〇年代諜報故事中的女主角就是要演出一齣叫作《狐步上海》的戲，而這部小說最近被中國獨立電影導演婁燁改編為電影《蘭心大劇場》，該片也剛從上海和平飯店實景殺青即將搬上大銀幕。駱以軍的《西夏旅館》曾被臺灣殘酷劇場名導魏瑛娟搬上劇場舞臺

（是否有朝一日，她重要的創作伴侶電影導演陳宏一會將《西夏旅館》搬上大銀幕？）

《寶島大旅社》在上述的軟性影片論、電影織接法和空間聯覺詩學的脈絡中，又是如何在分子運動的層級大力運作？甚至有過之而無不及？僅以一段完整段落摘錄來顯示其強度：

> 顏麗子可以在她的旅社裡最隱密的房間中……栩栩如生地聽到感覺到身旁的豬籠草捕時金龜子之後分泌著溺斃溶解蟲屍的滋滋細響，花豹侵近的喘息的輕盈，象群路過的參差腳步的沉重……太多太多動物的植物的鮮豔華麗的滋長，太多的大自然的變幻無常壯闊的種種……一如，風吹起的咆哮的撒野，雨淋下的成天承燁的啜泣，雲的在陽光閃耀縫隙中的吶喊，土的潮溼而潮解而與蟲的屍體一起的吱吱作響的腐敗。

我有一天去到實踐大學建築系的空中樓閣廣場上，看到聽說是顏忠賢每年會帶領學生製作的 Hair Project，不僅是請學生用軟綿繩編成長髮，披頭散髮地在日常的城中遊走數日，更要將自己只用頭髮將全身懸掛在廣場離地兩層樓高的鐵欄下方，柔軟的髮絲卻要一根一根地集體分擔承受自己全身的重量，而且十分容易失敗而墜地，這時候我懂得了《寶島大旅社》所描述的那種無法再微分下去的細響，也理解了瓜達希說的自內的微法西斯，唯有如此，才更抗衡更大法西斯的欲望收束與管控，這不是對著社會硬幹，而是逆著社會進行軟的顛覆。

藏書者

◉ 蔡慶樺

閱讀者及寫作者，思考的資源來自日爾曼語言、思想、文化、歷史、文學。

藏書人班雅明

　　一九一八年四月十一日，瓦爾特・班雅明（Walter Benjamin）與其妻子朵拉（Dora Benjamin）生下兒子。該年七月，他寫信給年輕時代的好友修恩（Ernst Schoen），自豪地說，他已經「以一種真正的藏書家的方式，創造了一個特別的藏書領域」，那就是童書、神話與傳說。

　　班雅明初為人父的生命經驗，與他的藏書癖結合起來，使他收藏了大量的童書。不過，閱讀他的《柏林童年》作品即可知道，對童書的喜愛早在他成為父親前就開始。更進一步說，他喜愛收集舊貨與一切舊書，一生從未做過什麼正式工作的這位作家，第一個認真考慮的工作就是開一家舊書及舊貨店。一九二二年，在寫給好友神學家蘭格（Florens Christian Rang）的信裡，他便興高采烈提到這個計畫。

　　這個計畫從未實現，不過，班雅明對於書的興趣從未減損，他持續大量收藏，也在走入學界的規畫失敗後，開始為各媒體書寫書評，當然也包括對童書的研究與評論。一封寫給好友的信中，班雅明甚至

某種意義上班雅明寫過這個專欄。他被納粹放逐到瑞士時，擇選、引介、評論了二十五封德語區文人的書信，編為《德意志人》一書，盼從這些書信往來中萃取出抵抗暴政的德國文化力量，可見書信是如何重要的文類。這個專欄談的也是書信，也是德意志人。我們一起細讀那些信吧，讀那些德意志人的生命、那些德意志人的情與書。

情／書

說起他想當一個童話書編輯——另一個從未實現的規畫。

一九三〇年，班雅明離婚，朵拉將兒子以及他多年來大量的童書收藏帶去了倫敦。這些書遂得以逃離暴政及戰火。一九八五年，法蘭克福大學青少年出版品研究所取得了這批書籍，讀者終於可以一窺當年讓作家如此著迷的書之世界。

在他的名文〈打開我的圖書館：關於收藏的談話〉（Ich packe meine Bibliothek aus: Eine Rede über das Sammeln）中，他自豪其多到書架放不下的藏書，他的書無法歸類，無法順服於「秩序的無聊」（Langeweile der Ordnung），他引述法國藏書家法蘭斯（Anatole France）的說法：對於藏書所存在的唯一確定知識，就是「關於書籍出版年以及書籍形式的知識」。藏書者，一方面需要整理其書籍，可是他同時知道書本身的訊息與知識太過豐富、太無法被歸類馴服，因此一個圖書館既要正確歸架（Regelrechtheit），卻又無法歸架（Regellosigkeit），「這就是一位藏書者在失序與秩序兩極間辯證的存在狀態。」

藏書者不只要在歸類與無法歸類的兩難間遊蕩，且他必須在收藏與閱讀的行動裡猶豫，一個收藏者，不一定是個閱讀者，他最大的誘惑是做為擁有者的最終快感，在擁有、珍藏中，留住一切記憶與感覺。可是誰又做得到留住一切記憶與感覺？我們購入書籍，閱讀或者不閱讀，只為了那些文字所記錄的一切深藏於人類文明中的各種細節、影像及情緒。如同我們試圖把書籍歸類，在毫無秩序中找到秩序、也在秩序中創造失序，這也是期待在不可能中尋求可能性。

班雅明說，做為藏書者，常有人向他借書，而最被他人提出的問題就是：這麼多書你都讀過嗎？他引用了藏書家法蘭斯的回答。法蘭斯也必須面對這樣的問題：「而您都讀過這所有的書嗎，法蘭斯先生？」他答道：「十分之一都不到，難道，您會每天使用您的賽弗雷（Sèvres）瓷器用餐嗎？」

班雅明當然不曾讀過所有他的藏書，對他來說這也不是必要的事

情。喜愛一本書，就買下來，擺上無法分類的書架，放任那本書流浪在茫茫的私人收藏中，直到某日它再度浮現。書籍於是有了自己的意願，自己的印跡，藏書者無法強求閱讀它、占有它，只能寄望某日再與它重逢。有時候我也想，讀者面對書，是一種真正不對等的愛，你孺慕它、閱讀它、愛撫它，卻不能期待它也如此回報你，你的賽弗雷瓷器能給你最高的愉悅，但只在偶然的字裡行間迸發的靈光中。

　　不過，班雅明絕不是個買書藏書而不讀書的書本拜物者。閱讀班雅明的兩位好友修冷（Gershorn Scholem）與阿多諾（Theodor W. Adorno）編輯出版的《班雅明書信集》（Walter Benjamin, Briefe），可以讀到他從少年時代到晚年寫給眾多友人的信，這位無比熱愛書信往來的作家，在三十年間幾乎每一封信中都評論了某些作品對他的意義，他如何取得一本書，如何閱讀一本書。例如，一九二〇年時，他對修冷提到，海德格的那本討論士林哲學的博士論文專書他已經讀完了，他認為海德格除了極為勤勉，以及掌握了士林哲學的拉丁文外，在哲學上的貢獻極少。而在一九三〇年，海德格已經因為《存有與時間》名聲大起，班雅明致信修冷，提及新的讀書計畫是擬與布萊希特組成讀書會，「破解那個海德格」，不過，後來因為布萊希特的健康問題，他們並沒有實現這個計畫。

　　讀這些書信時我一直有個想法，也許可以策劃一個展覽，展出班雅明讀過的這些書，書旁輔以他在信中寫下的心得。也就是說，班雅明就是一位策展人。其實，每一位讀者都是策展人，自己調動布置了某一種知識場景，為每一幅展品注記自己的說明，以破解某些隱密的意義。或者也可以想像，每一本書都是航行於文字海洋中的船，而被遺忘之書是深海中的沉船，讀者在闇夜斗室孤燈下攤開一本書，不正是帶著一盞光潛入無底海洋幽暗中的挖掘者嗎？

　　一九六八年時，漢娜‧鄂蘭寫了一篇精采的長文刊登於思想期刊《水星》（Merkur），描述班雅明是「採珠人」（Perlentaucher）。她寫

道，班雅明在對待傳統與歷史時，以瘋狂地收集、採集、挖掘、淘選的熱情，打破了傳統在歷史過程裡贏得的「權威」角色。她並舉例說明班雅明如何面對傳統、著迷於歷史，又能開出一條不一樣的新路：他很早開始就是一個狂熱的「收藏者」，致力於茫茫深海中挖掘不為人見的珍珠。

對於他這種異於常人的堅持，鄂蘭舉了個例子，班雅明自稱對書籍具有執迷（Bibliomanie）。我們常稱為藏書癖，但是這個詞似乎只暗示一種嗜好，其實班雅明的執迷，是一種對書成癮（Büchersucht），是一種狂熱、激情、甚至接近瘋狂的迷戀，是一種瓦解正常社會的危險。

收藏無用之書的瘋狂

傅柯曾在《瘋狂與文明》提及中世紀的「愚人船」，愚人船漂流於各鄉鎮間，因為居民們無法接受對社會具有高度危險性的非正常人，便將被視為瘋狂的人們驅逐到船上，流放這些瘋狂者。而班雅明的執迷，可以說正是這種意義下的瘋狂。

「愚人船」來自中世紀的德文文獻 Das Narrenschiff（愚人船），中世紀寫為 Daß Narrenschyff ad Narragoniam，由巴塞爾大學的法學教授賽巴斯提安‧布蘭特（Sebastian Brant）於一四九四年出版。他以文學筆法描述了中世紀真實存在的流放瘋狂的機制，愚人船上載滿被瘋狂征服的人，而百多種瘋狂病症中，藏書，正是其中一種瘋狂。

《愚人船》的前言，描繪了一個極為沉重的瘋狂時代，一個「如同處於亙古長夜的世界」。而接下來出現的第一種瘋狂，就是「擁有無用之書」（von unnützen Büchern）。中世紀畫家阿爾布雷希特‧杜勒（Albrecht Dürer）為《愚人船》做木刻版畫，在這一章描述藏書瘋狂的版畫下，圖說文字就這樣寫著：「我不斷地跳著瘋狂之舞，因我坐擁許多書，那些我根本不讀、也不理解的書。」畫中我們看到了一個戴

著眼鏡的藏書人，勤勞拂去書上的塵埃，身邊盡是書籍。

我們能不想起班雅明那張著名的照片嗎？那張蘇珊·桑塔格於一九七八年發表在《紐約時報》書評版的著名書評〈最後的知識人〉也提及的照片，班雅明留著小鬍子，斜低著頭，戴著眼鏡，不理會攝影師，握著菸托著下巴，沉迷在自身世界中。桑塔格說那是「那近視者的柔軟的、做著白日夢的凝視」（the soft, day-dreamers's gaze of the myopic）。

這個狂熱的藏書者，這個做著白日夢的的瘋子，在中世紀時必然早被驅趕上愚人船而無家可歸——然而，當年的他，又何異於無家可歸？豈能是個「正常人」？在那個納粹掌權全國瘋狂的時代，做為一個猶太人，他對於政治與種族的瘋狂彷彿無關己事，只是一本書接著一本書地買⋯⋯

也許我們在某個意義上，都登上了班雅明那一艘船。每一個著迷的讀者也像是這樣的瘋子，藏潛在深海中撈集幾世紀以來的沉船遺物，翻開了這些幾乎不再有人閱讀的、孤獨無比的書籍，那些注記、劃線、簽名，都是穿越了百年的呢喃，與讀者在一個絕對分離的時空中輕聲對話，但那也是只有讀者與作者彼此傾聽的幸福感。

廢書時代的班雅明

在德國萊茵法爾茲邦一個叫作比爾斯伯恩（Birresborn）的小鎮，曾經有一家特別的二手書店，店名叫「廢書坊」（Schmökermühle）。書店主人名為邁爾（Mirko Meier）。這個店名，讓我不能不想起愚人船上那擦拭著無用之書的人。

書店裡藏了大約三萬本書，雖然店名叫廢書，但是其店內不乏好書，也有狀況很好的古書。這個小鎮人口只有一千出頭，書店自然不可能只靠當地生意維生，邁爾主要的販書業務都來自網路。

我會注意到這家書店，是因為一則新聞報導[1]：邁爾雖然對書籍充滿熱愛，但是經營這家書店並不足以餬口，因此他平日的工作是照顧身心障礙者，二○一六年十二月某一日大霧的早晨，騎單車上班途中，他被一輛汽車撞上，不治身亡。無家人的他留下那三萬冊書，書店的屋主擬將房子再出租給他人，處理其遺產的律師不知如何處理這些書，便發布新聞，徵求願意接手經營的人，否則，這些書將被丟棄銷毀。

看完這則新聞，我搜尋了相關訊息，沒有後續的進展，書店的網站關閉，臉書專頁最後一則貼文還停留在邁爾身亡前。看來，這家書店已不再存在。

網路上還有二○一六年朋友們為他拍攝的短片——「廢書坊充滿魔力的祕密書籍」[2]（Die magischen Geheimschriften von Schmökermühle）。這段影片裡，他租了貨車找了朋友去法蘭克福搶救無數將被「邪惡資本主義」摧毀的書；他充滿愛意地整理書籍；他說，那些賣不出去的書他絕不希望丟棄，他把書籍裝在行李箱裡，帶到餐廳或咖啡店，提供給還願意閱讀的人。影片最後，他開心大笑著：「要幫廢書坊按讚哪！」

他是這個時代的班雅明，一個瘋狂的藏書者，總是帶著柔軟的、做著白日夢的目光看著那些他從廢紙堆中搶救回來的書。然而，這個書店主人，有了書就快樂、竭盡所能地拯救書，因為相信這些是西方

❶ https://goo.gl/6C1NZ7

❷ https://vimeo.com/173149776

文化的資產，現在已經不在世上，他的書終究還是成為廢書。這也是一個象徵：我們身處在廢書的時代。

愈來愈多人從愚人船上下船。有些人會把他們的書帶去街頭。在德國街上有提供流浪書籍棲居處，各大城市也設有公開書櫃，讓市民存放不讀的書。在街頭也常常見到被清理出來的書籍，被放在紙箱裡，紙箱上寫著 Zum Mitnehmen（供取）或者 Zum Verschenken（贈送）。在世人愈來愈習於影像作品與網路短篇文字、愈來愈沒有完整的時間靜心閱讀一本書的時代，我們會更常在街頭發現這樣的紙箱。

書籍流浪街頭，也不只因為我們的閱讀習慣改變了，還標示時代精神的轉移。某一天，在法蘭克福大學附近的街頭，我看到一箱書，裡面放滿了上世紀六、七〇年代的出版品，有馬克思主義理論家盧森堡、曼德爾的理論作品，有工會組織理論，有批判美國帝國主義的論文，有左派學生讀書會自己印製的政治經濟學共筆。那一刻起，我便深刻地感受到，這個班雅明曾經生活其中的城市、產生法蘭克福學派的城市，曾有一個時代，人們那麼激情地閱讀，而今，那個時代結束了。

一旦失去了敘事者

前一陣子在德國電視二臺 ZDF 網站報導上讀到一則令我著迷的關於廢書的新聞。土耳其首都安卡拉的清潔隊設立了一座極為特別的圖書館。這個圖書館的特別處在於，其藏書都是安卡拉詹卡亞（Çankaya）區大約七百位清潔隊員們每日收垃圾回收來的棄書。

在這個五百多萬居民的大都市裡，市民每日丟棄無數書籍雜誌，清潔隊員每日都從街上帶回棄書，整理其中狀況尚可的書籍，設置在清潔隊的藏書處。一開始這個藏書處，只是讓隊員們工作空檔休息、下下棋、讀讀東西的地方，收回來的書也是純供同仁們閱讀。可是，隨著書愈來愈多，隊員們討論，在工作之餘是不是還能做些什麼。他

們開始想，何不設立一個圖書館，來拯救這些街頭棄書？於是，二〇一七年，這座清潔隊圖書館便設立了。

原來只是個詹卡亞區清潔隊圖書館，後來名氣愈來愈大，別的行政區的清潔隊員也來借閱這些「垃圾堆中的書」。目前圖書館的藏書接近五千冊，清潔隊員們把書籍分成十七類，從童書到專業學術書籍都有，已經是頗具規模的圖書館。

清潔隊員們很自豪他們這個計畫，隊員們在工作之餘當志工，一起管理圖書館，並說，「我們給了這些書新的靈魂」，「這個計畫給了我們新的身分」。目前他們的圖書館甚具知名度，許多負擔不起圖書館的學校都向他們求助，他們正規劃定期出動圖書巡迴車到各校。另外，目前這座圖書館也向全體市民開放，並且二十四小時無休。

這些拯救書籍的清潔隊員們是另外一種班雅明，接過了深海採珠的任務。清潔隊員的使命是處理廢棄物，但不忍書籍就這麼被遺棄，如同帶回流浪動物一樣，建立了一座收容所，賦予這些流浪的文字新的靈魂。他們試著留住書籍，試著為我們的後代留下些不該丟棄的東西，也試著留住每一個即將消逝的時代。

文・溫德斯（Wim Wenders）的電影《欲望之翼》（*Der Himmel über Berlin*）中，有一位在柏林國家圖書館裡不停讀書、敘述人類歷史的敘事老者荷馬，在見到人類如此愚昧地不斷重複歷史過錯時，他無能阻止人類的愚昧，只能一直敘述。他是不死的見證者，見證歷史的殘酷與人類的無能，卻又充滿憐憫地看著人類。在電影中有一段荷馬的臺詞：「我應該放棄嗎？如果我放棄，那麼人類就會失去他們的敘事者；而人類一旦失去了他們的敘事者，也將失去他們的後代。」看著人類如此不知悔改，他懷疑自己是否該停止敘述。

那個清潔隊的圖書館中，也許如電影裡的圖書館一樣居住著天使；那些天使中也有班雅明、邁爾這樣的藏書者，不放棄敘述人類的過去，不放棄未來。他們癡迷於蒐集那些被遺忘的文字，被忽視的詮

釋，從深海探索世界形成的另一個斷面。人類不能失去這些敘事者，愚人終究有愚人的作用，讀者們及藏書者們以己身的癡迷，搭上了愚人船，漂流過中世紀、班雅明、傅柯的時空，漂流在這個反正早已瘋狂的世界之海；藏書者們在船上收藏那些奧祕的文字，搭建了各種詮釋，辛勤挖掘這個世界的另一種樣貌——絕非正常、但也許是更迷人的樣貌。

字母 LETTER：顏忠賢專輯

Mar. 2018 Vol.3

作者	衛城出版編輯部｜策畫
編輯委員	丁名慶、陳蕙慧、楊凱麟、黃崇凱
總編輯	莊瑞琳
編輯	吳芳碩
行銷企畫	甘彩蓉
封面設計	白日設計 Baizu Design Co.
美編及排版	白日設計 Baizu Design Co.

社長	郭重興
發行人兼出版總監	曾大福
出版	衛城出版／遠足文化事業股份有限公司
發行	遠足文化事業股份有限公司
地址	23141 新北市新店區民權路 108-2 號 9 樓
電話	02-22181417
傳真	02-86671065
客服專線	0800-221029
法律顧問	華洋法律事務所｜蘇文生律師
製版	瑞豐電腦製版印刷股份有限公司

初版一刷——2018 年 3 月

定價——300 元

預告

●字母 LETTER Vol.4: 童偉格專輯｜ 2018 年 5 月

●字母會第三季 N — S ｜ 2018 年 6 月

　第四季 T — Z ｜ 2018 年 9 月

字母會
Facebook https://www.facebook.com/acropolisletter/

衛城出版
Email acropolis@bookrep.com.tw
Facebook http://zh-tw.facebook.com/acropolispublish

國家圖書館出版品預行編目（CIP）資料

字母 LETTER：顏忠賢專輯／衛城出版編輯部策畫／
初版　新北市　衛城出版　遠足文化發行　2018.03
200 面　17×23 公分（字母；16）　ISBN 978-986-95892-0-8　平裝
1. 世界文學　2. 文學評論　3. 文集
810.7　106023785